Sylter Verhängnis

Tödliches Theater

Sylter Verhängnis

Tödliches Theater

Sina Marten ermittelt

Mara Tamen

Kapitel eins

Da braut sich ein Sturm zusammen. Robert sah zum Abendhimmel über Sylt hinauf. Dunkelblau und grau-schwarz ballten sich die Wolken. Auch der Wind, der bereits den ganzen Tag geweht hatte, war merklich stärker geworden.

Robert nahm einen letzten Zug, warf seine Zigarette zu Boden und trat sie aus. Dann ging er durch den Bühneneingang zurück ins Theater.

Selina und Marc, die beiden Hauptdarsteller, warteten in der Bühnenmitte, beide in langen, fließenden weißen Hemden, ihren Kostümen für die nächste zu probende Szene.

Neben ihnen standen Corbinian und Natalie, beide in ihre Textbücher vertieft. Corbinian sagte etwas, woraufhin Natalie hektisch zu blättern begann.

Christine, die Kostümbildnerin, kam mit Nähzeug auf die Bühne und kniete sich vor Selina auf den Boden, um den Saum ihres Kostüms auszubessern.

Wenige Augenblicke später stürzte Requisiteurin Anja auf Selina zu und drückte ihr den Requisitendolch für die nächste Szene in die Hand.

Ich kann's kaum mit ansehen, dachte Robert. *Diese wir-nähern-uns-mit-Riesenschritten-der-Premiere-Hektik. Einfach furchtbar.*

Langsam, darauf bedacht, sich nicht von der allgemeinen Hektik anstecken zu lassen, ging Robert auf Corbinian und Natalie zu.

Seufzend klappte Corbinian sein Textbuch zu. »Na, dann wollen wir mal.«

Natalie wuselte davon, um ihren Platz in der ersten Reihe einzunehmen.

Christine sprang auf, immer noch mehrere Stecknadeln im Mund, die sie nun herauspflückte. »Corbinian, ich muss noch kurz mit dir sprechen. Die Kostüme für das Maskenspiel ...«

»Was?«, unterbrach der Regisseur sie. »Noch nicht fertig, fehlerhaft angefertigt, verbrannt, von kleinen, lila Monstern gefressen?«

»Noch nicht ganz fertig«, sagte Christine und schlug die Augen nieder.

»Lass dir was einfallen. Morgen ist Generalprobe. Bis dahin müssen sie fertig sein.«

Christine nickte und verschwand zur Seitenbühne hin.

Robert zögerte. Auch er hatte eine unerfreuliche Nachricht für Corbinian. *Ich bin gleich der Nächste, der einen Anraunzer bekommt.*

Er hob die Hand, um Corbinians Aufmerksamkeit auf sich zu lenken. »Ich habe draußen auf dem Parkplatz mit Weiss gesprochen«, begann er.

Weiter kam er nicht. »Der macht mich wahn-sinnig«, rief Corbinian und fuhr sich mit der freien Hand durch die Haare.

Augen zu und durch. »Er will uns morgen vor der Probe sprechen«, sagte Robert mit fester Stimme.

Corbinian entgegnete nichts, senkte die Augen zu Boden und atmete tief durch.

Robert hielt den Atem an. Kam gleich einer der berühmt-berüchtigten Wutausbrüche des Regisseurs? Oder würde er seinen Zorn in Zaum halten können?

Dass das Gespräch mit dem Intendanten der Sylter Bühne alles andere als positiv verlaufen würde, war Robert klar. Von Anfang an hatte es Konflikte zwischen Gregor Weiss und Corbinian Kupfer gegeben. Weiss hatte den Regisseur aus Hamburg mit einem klaren Auftrag engagiert: Das Prestige der Sylter Bühne zu erhöhen und dadurch scharenweise Zuschauer ins Theater zu locken.

Als Corbinian darauf bestand, dass seine erste Inszenierung eine nicht sonderlich bekannte elisabethanische Tragödie des Autorenduos Beaumont und Fletcher sein sollte, hatte Weiss erst nach langem Hin und Her nachgegeben.

Was er mittlerweile offensichtlich bereut, dachte Robert und verließ die Bühne, damit die Probe weitergehen konnte.

Mehr als einmal hatte Weiss während der Vorbereitungen und Proben kundgetan, dass es ihm viel lieber wäre, sein Hamburger Starregisseur hätte sich für ein Stück von Shakespeare entschieden.

Wenn schon elisabethanisch, dann doch wenigstens der Autor aus dieser Zeit, den alle kennen, hatte er gesagt.

Der Intendant hatte erst nachgegeben, als Kupfer ihm versprochen hatte, gleich im Anschluss an Die Tragödie der Jungfrau ein Stück zu inszenieren, das allgemein bekannt war. Er hatte sogar Weiss überlassen, dieses Stück auszuwählen. Dessen Entscheidung war auf Pygmalion von George Bernhard Shaw gefallen.

Hoffentlich läuft das dann besser, sonst ist Corbinian seinen Job frühzeitig wieder los. Was dann natürlich auch für mich gelten würde.

Robert machte es sich in einem der roten Zuschauersitze bequem und schlug sein Textbuch auf, das er auf dem Sitz hatte liegen lassen. Ein Durchlauf der wohl wichtigsten Szene des Stückes stand an. Der Mordszene.

Selina Engels, die die weibliche Hauptrolle der Evadne übernommen hatte, schlich sich in dieser Szene in das Schlafgemach des Königs und erdolchte ihn. Dies jedoch nicht ohne einen längeren Dialog zwischen den beiden Hauptdarstellern.

Robert musterte Marc Rohde, der den König spielte. Ein Schauspieler, der wohl seine besten Zeiten bereits hinter sich hatte. Zumindest Roberts Einschätzung nach.

Außerdem ist er mir nicht sonderlich sympathisch. Es fällt mir schwer, mir das nicht anmerken zu lassen.

Rohde war vor allem durch Fernsehrollen bekannt geworden. In einer beliebten Vorabendserie hatte er lange Zeit einen Kommissar gespielt. Doch aus dieser Serie war er vor einigen Jahren ausgestiegen. Seitdem waren neue Rollen für den Mittvierziger eher rar gesät gewesen.

Jetzt macht er also Provinztheater.

Achselzuckend wandte Robert sich wieder seinem Textbuch zu und überflog die ersten Zeilen. Dann sah er zu Natalie hinüber, die einige Sitze neben ihm saß. Die Dramaturgin fungierte bei den Proben auch als Souffleuse. In gespannter Erwartung hatte Natalie ihren Blick fest auf Marc gerichtet.

Klar, wenn einer während dieser Szene Hilfe braucht, wird es Marc sein. Selina ist textsicher. Die ist Bühnenprofi, ganz anders als dieser TV-Fuzzi.

Von Anfang an hatte Marc Schwierigkeiten mit der Textarbeit gehabt. Es war für alle Beteiligten offensichtlich, dass Marc kaum Erfahrung mit klassischen Bühnenstoffen hatte.

Aber das war ja auch so ein Punkt, in dem Gregor und Corbinian sich uneins waren. Corbinian wollte einen ganz anderen Schauspieler für die Rolle. Einen, mit dem er schon bei mehreren Shakespeare-Produktionen zusammengearbeitet hatte. Gregor hingegen wollte unbedingt Marc, weil er dachte, mit dem Namen eines TV-Stars auf dem Plakat verkaufen wir mehr Tickets.

Bis jetzt hatte sich diese Hoffnung des Intendanten nicht bewahrheitet. Die Ticketverkäufe für Die Tragödie der Jungfrau liefen eher schleppend.

Wahrscheinlich geht es in dem Gespräch morgen darum. Dass er uns ein Ultimatum stellt. So und so viele Tickets müssen verkauft werden oder er stoppt die Vorstellungen.

Auf der Bühne brachten sich die Schauspieler in Position. Robert schob seine pessimistischen Gedanken beiseite und konzentrierte sich voll und ganz auf das Geschehen auf der Bühne.

Nicht ahnend, dass dieser Abend noch eine dramatische Wendung nehmen würde, mit der zu diesem Zeitpunkt keiner der im Theater Anwesenden rechnen konnte.

Nicht nur draußen braute sich ein Sturm zusammen.

***

Sina lächelte Jan über den Tisch hinweg an. »Das ist nicht einfach nur ein romantisches Abendessen«, sagte sie. »Das ist wild-romantisch.«

»Hoffentlich nicht zu wild«, sagte Jan und sah aus dem Fenster. Er wirkte ein wenig besorgt. »Einen Sturm hatte ich nicht bestellt.«

Was Jan hingegen sehr wohl bestellt hatte, war ein Fenstertisch in einem hinreißenden Restaurant mit

Meerblick. Als er Sina eingeladen hatte, war sie begeistert gewesen. Sie hatte in dem knappen Jahr, das sie nun auf Sylt lebte und arbeitete, bereits viel von diesem Restaurant gehört, jedoch noch nie Gelegenheit gehabt, es zu besuchen.

Das hatte sich heute Abend dank Jan geändert. Durch einen Sturm würde sie sich diesen Abend mit ihrem Freund auf keinen Fall vermiesen lassen.

»Ach, das bisschen Wind«, sagte sie leichthin. »Ihr Sylter seid doch sonst nicht so leicht zu beeindrucken, so viel habe ich in meiner Zeit hier auf der Insel schon gelernt.«

Jan lachte, doch sein Lachen klang ein wenig gequält. »Ich mache mir eben Sorgen, dass es doch mehr wird als nur ein bisschen Wind. Die Vorhersage vom Wetteramt klang gar nicht gut.«

Sina spießte eine Garnele auf und schob sie sich in den Mund. »Sollen wir den Nachtisch ausfallen lassen?«, fragte sie.

Sag bitte nein, auf den Nachtisch freue ich mich am meisten. Ich will das Holunderblütensorbet mit Minze.

Jan zwinkerte ihr zu. »Welchen Nachtisch meinst du jetzt?«

Sina tat empört. »Oh, der gnädige Herr geht davon aus, dass es heute zweierlei Nachtisch geben wird? Sag bitte nicht, du hast mich nur eingeladen, weil du dir davon eine Gegenleistung versprochen hast.«

Jan grinste nur, widmete sich wieder seinem Teller.

Auch Sina lächelte. Natürlich war längst verabredet, dass sie vom Restaurant aus zu Jan nach Hause fahren und sie dort die Nacht verbringen würde. Sie hatte ja auch bereits ihre Übernachtungstasche in

Jans Kofferraum verstaut.

Und natürlich gibt's dann auch noch mal Nachtisch. Wie könnte ich ihm denn auch widerstehen.

Sina war sehr glücklich mit Jan, den sie vor einigen Monaten über ihren Kollegen Sven kennengelernt hatte. Sowohl Sven als auch Jan waren begeisterte Kite-Surfer. Als Sina aus Neugier Sven zu einem Training begleitet hatte, war sie Jan begegnet.

Seit elf Monaten lebte und arbeitete Kommissarin Sina Marten nun auf Sylt. Die Arbeit lief gut, die Beziehung zu Jan auch, nur ihre Wohnsituation ließ weiterhin zu wünschen übrig.

Da auf Sylt akuter Mangel an bezahlbarem Wohnraum herrschte, hatte sich Sina ein Wohnmobil auf einem Campingplatz gemietet. Was nur eine vorübergehende Notlösung hatte sein sollen, hatte nun bereits seit fast einem Jahr Bestand. Und eine Aussicht auf Besserung war leider nicht in Sicht. Die letzten beiden Wohnungen, die Sina besichtigt hatte, waren an andere Interessenten vermietet worden.

Wenn ich nicht bald etwas finde, wird es darauf hinauslaufen, dass ich bei Jan einziehe, dachte Sina und zerteilte eine Kartoffel.

»Ich würde zu gerne wissen, was du gerade denkst«, sagte Jan.

Sina sah auf. Sie fühlte sich ein wenig ertappt, denn das, was sie gerade eben gedacht hatte, würde sie Jan sicherlich nicht verraten. Sie wollte ihn schließlich in keiner Weise unter Druck setzen, weil sie ihm verriet, dass sie schon darüber nachdachte, ihre Beziehung auf die nächste Stufe zu heben, indem sie zusammenzogen.

Dafür ist unsere Beziehung noch zu jung. Nur nichts überstürzen, unsere Liebe braucht Zeit und

Raum.

Sie griff nach ihrem Weinglas und nahm einen Schluck. »Ich habe gedacht, wie glücklich ich doch bin, hier zu sein. Auf Sylt, in diesem Restaurant. Mit dir.«

Jan hob ebenfalls sein Glas. »Auf uns.«

»Auf uns«, sagte Sina und stieß sachte ihr Glas gegen seines.

Ein krachender Donnerschlag ließ sie zusammenzucken. Sie sah aus dem Fenster. Der Himmel bestand mittlerweile nur noch aus tiefschwarzen Wolken. Schaumbekrönte Wellen rollten über das Meer auf die Küste zu.

So bedrohlich habe ich Sylt noch nie erlebt.

***

»So, so, du schlechtes Wesen, so beginn ich meine Rache«, rief Selina, hob den Dolch und stach zu.

Marc zerrte an den Fesseln, die ihn an den Kopfteil des Bettes banden. »Halt, Evadne! Ich befehle dir, halt ein.«

»Stopp. Bis hierher«, ertönte Corbinians Stimme.

Der Regisseur saß ein Stück hinter Robert, sodass er einen perfekten Blick auf das Geschehen auf der Bühne hatte.

»Das war sehr schön. Nur eine Kleinigkeit, Selina. Wenn du auf ihn einstichst, trau dich nur. Das sah gerade etwas zaghaft aus. Denk bitte daran: Du rast vor Hass. Also stoß richtig heftig zu.«

Selina, die immer noch auf dem Bett über Marc kniete, grinste auf ihren Kollegen hinab. »Wird mir ein Vergnügen sein.« Sie hob den rechten Arm, in dem sie den Dolch hielt, hoch über ihren Kopf und beschrieb in Zeitlupe einen großen Bogen, bis die Spitze des Dolches sachte Marcs Brust berührte.

»Heb die Hand bitte nicht gar so hoch«, sagte Corbinian. »Das ist dann wieder ein wenig zu übertrieben.«

Selina hob den Arm so, dass der Dolch etwas über Schulterhöhe war. »So besser?«

»Ja, das sieht gut aus. Zeigt mir bitte nur diesen kurzen Ausschnitt. Ab Fluch dem Erbarmen, bitte.«

»Fluch dem Erbarmen! Dies für meinen Gatten Amintor!«, rezitierte Selina, während sie den Dolch hob. Dann ließ sie ihn auf Marcs Brust hinuntersausen.

»Dies für meinen edlen Bruder!« Erneut hob und senkte Selina den Dolch. »Und diesen Streich für die geschmähteste der Frauen!«

»Oh, ich sterbe!«, schrie Marc.

In Robert zog sich alles zusammen. *Diese Melodramatik. Der Mann agiert wie der letzte Schmierenkomödiant. Dem Stück und der Inszenierung überhaupt nicht angemessen.*

»Stopp. Danke«, rief Corbinian. »Selina, genau so hatte ich mir das vorgestellt. Sehr schön.«

Zu Marc sagt er nichts. Würde mich nicht wundern, wenn er den später privat noch einmal zur Seite nimmt und ihm ins Gewissen redet.

»Wir machen eine kurze Pause, dann möchte ich diese Szene noch einmal im Ganzen sehen.«

Robert blätterte in seinem Textbuch einige Seiten zurück, zum Beginn der Szene.

Auf der Bühne löste Anja erst Marcs Fesseln und nahm dann Selina den Requisitendolch ab. Christine ging zu Selina und überprüfte den Sitz ihres Kostüms.

Marc stand auf und streckte übertrieben seine

Muskeln, so als sei er stundenlang gefesselt gewesen und nicht nur einige Minuten. Dann ging er zu Christine und griff nach der winzigen Taschenlampe, die diese um den Hals trug.

Das war eine der Eigenheiten der Kostümbildnerin: Sie hatte bei der Arbeit immer mehrere Kordeln um den Hals geschlungen, an denen ihre wichtigsten Werkzeuge hingen. Eine kleine Schere, eine Dose mit Stecknadeln, auch ein Maßband hatte sie umhängen.

»Was machst du eigentlich hiermit?«, fragte Marc.

Robert sah, dass Marc ganz offenbar absichtlich Christines Brust streifte, als er die Taschenlampe hochhob.

Lachend nahm Christine Marc die Taschenlampe aus der Hand und leuchtete ihm damit direkt ins Gesicht. »Damit ich dich besser sehen kann.«

Robert schüttelte den Kopf. Christine und Marc waren ein Paar, doch dass Marc es mit der Treue nicht allzu genau nahm, hatte in den letzten Wochen der Zusammenarbeit bereits das ganze Team bemerkt.

Was findet sie nur an dem Typen? Robert legte sein Textbuch beiseite und verließ den Zuschauerraum, um sich etwas zu trinken zu holen. Es würde ein langer Abend werden. Bis zur Generalprobe am nächsten Tag lag noch viel Arbeit vor ihnen.

»Was meinst du, wie lange Corbinian uns noch hierbehält?«

Natalie war Robert in den Aufenthaltsraum gefolgt. Sie stand im Türrahmen, das Textbuch mit beiden Händen gegen die Brust gepresst. Unsicher sah sie ihn über den Rand ihrer Lesebrille hinweg an.

»Der Sturm wird immer schlimmer. Bei dem Wetter will ich nicht mehr Auto fahren. Dann auch noch im Dunkeln.«

Robert überlegte. Natalie hatte recht. Doch Robert kannte Corbinian nur zu gut, denn im Gegensatz zu den anderen hatte er bereits in Hamburg mit ihm zusammengearbeitet. Corbinian wären das Wetter und die Sorgen der Dramaturgin herzlich egal. Für den Regisseur zählte nur eins: seine Inszenierung.

Robert schraubte eine Flasche Mineralwasser auf und schenkte sich ein Glas ein. »Weißt du was? Ich fahre dich nachher nach Hause. Du wohnst doch auch in Westerland, oder? Das ist für mich kein großer Umweg.«

»Das würdest du tun?« Natalies Augen hinter den Brillengläsern weiteten sich. »Das ist wahnsinnig nett.« Sie biss sich auf die Unterlippe. »Aber wenn ich das Auto stehenlasse, wie komme ich dann morgen ...«

Robert winkte ab. »Taxiservice Voss holt Sie natürlich morgen früh pünktlich ab.« Er prostete ihr mit seinem Glas zu. »Mach dir keine Sorgen. Konzentrier dich einfach voll und ganz auf deine Arbeit.«

»Danke«, hauchte Natalie und wandte sich zum Gehen.

Robert sah ihr nach. *Passiert wohl nicht allzu oft, dass jemand etwas Nettes für sie tut.*

Natalie war die graue Maus im Team. Nicht nur, was ihr Aussehen anging, sondern auch ihr Verhalten. Immer ruhig und unauffällig erledigte sie zuverlässig ihre Arbeit.

Ob das an ihrem Job liegt? Schließlich ist das genau die Aufgabe einer Dramaturgin. Immer im rechten Moment zur Stelle sein, dabei aber bloß nicht allzu viel Aufmerksamkeit erregen.

Kopfschüttelnd nahm Robert einen großen

Schluck Mineralwasser. Dann setzte er sich an den Tisch und sah auf seinem Handy nach, ob er neue Nachrichten hatte.

Während er langsam sein Wasser austrank, beantwortete er zwei E-Mails. Anschließend verriet ihm ein Blick auf die Uhr, dass er wohl besser langsam in den Zuschauerraum zurückkehren sollte. Länger als die Zeit, die es dauerte, um eine Zigarette zu rauchen, waren Corbinians Pausen meistens nicht.

Als Robert in den Bühnenraum zurückkehrte, saß Christine in der ersten Reihe und aß einen Schokoriegel. Dabei unterhielt sie sich mit Selina, die vor ihr stand. Natalie lehnte am Bühnenrand und blätterte in ihrem Textbuch.

Auf dem Sitz neben Christine lag immer noch Roberts Textbuch. Er hob es hoch, setzte sich und blätterte zu den letzten Seiten, auf denen er sich Notizen gemacht hatte. Dabei hörte er mit einem Ohr, dass sich Christine und Selina über morgendliche Übelkeit unterhielten.

Er warf einen raschen Seitenblick auf Christine. *Ist sie etwa schwanger?*

Diese Frage behielt er für sich, da sie ihm ein wenig zu indiskret erschien. Früher oder später würde er die Antwort schon erfahren.

Als Robert bemerkte, dass Marc auf die Bühne zurückgekehrt war und auf der Bettkante saß, nickte er ihm kurz zu. Dann vertiefte er sich wieder in seine Notizen.

Corbinian kam im Eilschritt auf die Bühne und klatschte in die Hände. »Weiter geht's. Nur noch ein kompletter Durchgang dieser Szene, dann sind wir fertig für heute.«

Robert tauschte einen Blick mit Natalie, die ihm

schüchtern zulächelte.

Selina eilte zu den Stufen, die auf die Bühne führten, und stellte sich neben Marc, der sich bereits auf dem Bett ausgestreckt hatte. Suchend sah sie sich um. »Wo ist mein Dolch?«

»Hier.« Anja kam von der Seitenbühne und drückte Selina das Requisit in die Hand.

Robert beobachtete, wie Corbinian zu den beiden Schauspielern trat und ihnen leise letzte Anweisungen gab. Dann ging Corbinian an die linke Bühnenseite. »Bitte«, sagte er.

Robert fiel es schwer, sich auf das Geschehen auf der Bühne zu konzentrieren. Zu oft hatte er heute schon diese Dialogzeilen gehört, zu müde war er jetzt am Abend nach einem sowieso schon langen Tag.

Er schaltete auf Durchzug, ließ die Szene zwischen Evadne und dem König über sich hinwegrauschen, nahm nur am Rande wahr, dass der Höhepunkt nahte.

Selina hob den Arm, stieß mit dem Dolch auf Marcs Brust.

Ein gequetschtes Röcheln von Marc.

Stille.

Hat Selina ihren Text vergessen? Ausgerechnet.

Ein gellender Schrei. Robert sah, wie Selina vom Bett taumelte, strauchelte, zu Boden ging.

Corbinian rannte über die Bühne, auf das Bett zu. Neben Robert sprang Christine aus ihrem Sitz auf.

Was ist denn da los?

Auch Robert stand auf und ging zum Bühnenrand.

Erst jetzt bemerkte er, dass Marcs Kopf nach vorne gesunken war. Dann sah er den roten Fleck.

Den roten Fleck, der sich auf Marcs weißer Hemdbrust ausbreitete. Inmitten dieses Flecks steckte der

Dolch.

***

Der Regen peitschte auf das Pflaster, als Sina und Jan unter einen Schirm geduckt über den Parkplatz rannten.

»Du hättest im Restaurant auf mich warten sollen«, sagte Jan, als er seinen Wagen per Fernbedienung entsperrte. »Ich hätte dich schon abgeholt.«

Sina lachte. »Das hätte aber keinen Spaß gemacht, wenn du den edlen Ritter gespielt hättest und ich das Fräulein aus Zucker, das nicht einmal ein paar Regentropfen verträgt.«

Jan riss die Beifahrertür auf und wartete, bis Sina eingestiegen war. Dann beugte er sich vor. »Aber manchmal ist so ein wenig Ritterlichkeit doch schön, oder? Jetzt sind deine Schuhe ganz nass.«

»Das macht nichts. In zehn Minuten sind wir bei dir daheim, dann ziehe ich die nassen Schuhe aus.« Sina klimperte mit den Wimpern. »Und nicht nur die.«

»Dann fahre ich lieber so schnell, wie das bei dem Wetter möglich ist.« Jan richtete sich auf, drückte die Tür zu und lief zur Fahrerseite.

Er schüttelte den Schirm aus, bevor er ihn auf den Rücksitz legte. In Strömen floss der Regen über die Windschutzscheibe.

Jan seufzte. »Bei dem Schietwetter werde ich nur im Schritttempo fahren können. Ich kann ja kaum zwei Meter weit sehen.« Er ließ den Motor an und fuhr langsam vom Parkplatz des Restaurants. Die Scheibenwischer kämpften gegen den Regen an.

Sina streifte die nassen Schuhe von den Füßen

und versteckte die Hände in den Ärmeln ihrer warmen Jacke. »Letztes Jahr, als ich hergezogen bin, war es im Herbst nicht so wüst.«

»Es ist erst September, das ist noch gar nichts«, murmelte Jan. »Stell dich auf einige harte Monate ein.«

»Kochst du mir einen schönen heißen Tee, wenn wir bei dir sind?«, fragte Sina.

Jan blieb an einer Kreuzung stehen. »Du musst dich schon entscheiden. Willst du Tee trinken oder dir die Kleider vom Leib reißen, kaum dass wir durch die Tür sind?«

»Kann ich nicht beides haben?« Sina kicherte, fühlte sich übermütig. Der Abend mit Jan war ein Traum gewesen. Leckeres Essen, ein exquisiter Wein und noch viel bessere Gesellschaft.

Und noch ist dieser Abend ja nicht vorbei. Das Beste kommt erst noch.

Jan fuhr im Schneckentempo weiter.

Sina wollte noch etwas sagen, als sie spürte, wie das Handy in ihrer Jackentasche vibrierte.

Das darf doch jetzt nicht wahr sein. Bitte lass es etwas Privates sein.

Sie schielte auf die Uhr am Armaturenbrett. Kurz vor 21 Uhr. Um diese Zeit rief sie sicher keine Freundin mehr an, die einfach nur mal kurz schnacken wollte.

Sina zog das Handy hervor. Und natürlich: Im Display stand der Name Sven Haycken.

»Sven, was gibt's?«, meldete sie sich knapp.

Aus dem Augenwinkel bemerkte sie, dass Jan zu ihr herübersah. Der wusste natürlich genauso gut wie Sina, was ein Anruf ihres Kollegen um diese Uhrzeit zu bedeuten hatte.

»Ich bin auf dem Weg zur Sylter Bühne. Du weißt schon, das Theater, das vor ein paar Monaten eröffnet hat.«

»Ja, das kenne ich«, sagte Sina. »Jan und ich haben uns sogar schon ein Stück dort angesehen.«

»Gut, dann weißt du ja, wo du hinmusst. Ein Schauspieler wurde durch eine Stichwunde getötet. Ein Notarzt ist schon vor Ort. Der hat mich gerade angerufen und gesagt, seiner Meinung nach sei das kein Unfall gewesen.«

Sina fröstelte. Was nicht so sehr am Wetter lag, sondern daran, dass dieser bis jetzt so perfekte Abend ruiniert war.

Ein toter Schauspieler? Das fehlt uns ja gerade noch.

»Bin schon unterwegs«, sagte sie und beendete das Gespräch.

Erst jetzt bemerkte sie, dass Jan seinen Wagen bereits angehalten hatte und sie fragend ansah.

»Kannst du mich bitte zur Sylter Bühne fahren? Da gibt es einen Toten.«

***

»Du bist aber schick«, sagte Sven, als Sina das Foyer des Theaters betrat. Sven stand mit einem Mann in der Einsatzbekleidung eines Notarztes neben dem Verkaufsschalter der Abendkasse.

Sina verdrehte die Augen. »Wie man halt so angezogen ist, wenn man schick essen geht.« Sie deutete mit dem Kinn in Richtung des Auditoriums. »Dass dir mein Outfit überhaupt auffällt, wundert mich ehrlich gesagt. Womit haben wir es zu tun?«

»Die Schauspieler haben eine Mordszene geprobt.

Dabei war ein Requisitendolch im Einsatz. Mir wurde erklärt, dass bei einem solchen Dolch der Griff hohl ist, sodass die Klinge darin verschwindet«, sagte Sven. »Die Szene wurde heute wohl bereits mehrfach geprobt, immer ohne Probleme. Aber beim letzten Mal wurde der Schauspieler tödlich verletzt.«

Sina sah Sven fragend hat. »Wie ist das möglich? Hat der Dolch geklemmt oder etwas in der Art?«

Der Notarzt ergriff das Wort. »Das war kein Requisitendolch. Das habe ich auf den ersten Blick gesehen, dazu muss ich kein Waffenexperte sein.«

»Jemand muss den Requisitendolch gegen einen echten Dolch vertauscht haben«, sagte Sven.

Sina atmete tief durch. *Zum Glück habe ich Jan gesagt, er solle nicht auf mich warten, sondern heimfahren. So schnell kommen wir hier heute Abend nicht weg.*

Sie sah den Notarzt an. »Haben Sie die Leiche bereits für den Abtransport vorbereitet?«

Er schüttelte den Kopf. »Nein, wir haben den Körper nicht bewegt. Wir haben auf Sie gewartet.«

Sina ging auf die Tür zum Auditorium zu. »Gut, dann wollen wir keine Zeit verschwenden.«

»Außer dem Toten befanden sich noch sechs weitere Personen im Theater«, sagte Sven leise. »Der Kreis der Verdächtigen ist also wenigstens sehr überschaubar.«

»Hast du die Personalien schon aufgenommen?«

»Ja, das ist bereits erledigt«, antwortete Sinas Kollege.

»Irgendwelche ersten Eindrücke? Hat sich jemand besonders auffällig verhalten?« Sina drückte die schwere Tür zum Auditorium auf.

»Kann ich so nicht sagen. Zwei der Frauen sind

ziemlich hysterisch. Die Schauspielerin, die den Dolch geführt hat, und die andere war die Freundin des Toten, wenn ich das richtig verstanden habe.«

Sina blieb abrupt stehen. »Die Freundin des Toten war anwesend? Wie schrecklich.«

»Ja, sie arbeitet wohl auch hier«, meinte Sven.

Sina wandte ihren Blick dem vor ihr liegenden Raum zu. Das Auditorium der Sylter Bühne war nicht sonderlich groß. Sie schätzte, dass es ungefähr dreihundert Zuschauern Platz bot. Es gab nur Parkettplätze, mit einem Rang oder Balkon wartete das kleine Theater nicht auf.

Langsam ging Sina auf die Bühne zu. Die Sitzreihen mit den roten Polstersitzen waren leer, alle Anwesenden befanden sich auf der Bühne, die von einem einzigen Scheinwerfer beleuchtet wurde. In der Bühnenmitte stand ein großes Bett mit schmiedeeisernem Kopfteil.

Als Sina näherkam, konnte sie sehen, dass auf dem Bett ein regloser Körper lag. Außerdem fiel ihr auf, dass alle Anwesenden den Blick tunlichst von diesem Bett abgewandt hielten.

Neben dem Bett standen zwei Sanitäter, die mit ihrer Ausrüstung beschäftigt waren, auf zwei Stühlen an der linken Seite der Bühne saßen zwei Frauen, davor hockte ein Mann, der die Hand einer der beiden hielt. Ein Stück dahinter stand eine dritte Frau, den Blick zu Boden gesenkt. Ein weiterer Mann und eine Frau mit Brille standen nebeneinander am vorderen linken Bühnenrand, sahen sich jedoch weder an noch sprachen sie miteinander.

Zuerst einen Blick auf den Toten werfen, dann einen Überblick verschaffen, wer diese ganzen Leute sind, dachte Sina.

»Hier entlang«, sagte Sven neben ihr. Er deutete auf Stufen, die an der rechten Seite auf die Bühne führten.

Sina ging zu dem mit weißen Laken bezogenen Bett. Der Mann, der darauf lag, war ebenfalls weiß gekleidet und lehnte mit dem Oberkörper halb gegen das Kopfteil.

»Das ist die Auffindeposition?« Sina drehte sich zu dem Notarzt um, der ihnen gefolgt war.

Er nickte. »Der Schauspieler war für die Szene mit beiden Handgelenken an das Bett gefesselt worden. Diese Fesseln haben wir gelöst, sonst haben wir wie gesagt alles unverändert gelassen.«

Sina ging in die Knie, betrachtete den Dolch, der aus der Brust des Mannes ragte. Um die Einstichstelle herum hatte sich das weiße Hemd mit Blut vollgesogen. Doch da der Dolch noch in der Wunde steckte, verschloss er diese, sodass nicht mehr Blut ausgetreten war.

Der Notarzt deutete auf den Dolch. »Sehen Sie hier, wo die Klinge in den Griff übergeht? Das ist alles massiv. Wenn es sich um einen Requisitendolch handeln würde, wäre der Griff hohl und es gäbe einen kleinen Spalt rund um die Klinge.«

Sina nickte, dann richtete sie sich wieder auf. »Sven, hast du Fotos gemacht?«

Ihr Kollege hob sein Handy. »Ja, ich konnte unseren Tatortfotografen nicht erreichen.«

Sina streckte die Hand aus. Dann sah sie rasch die Fotos durch, die Sven aufgenommen hatte. Großaufnahmen und einige Totalen, auf denen man auch noch sah, wie der Tote an das Kopfteil gefesselt war.

»Gut, das muss reichen.« Sie nickte dem Notarzt zu. »Sie können ihn wegbringen.«

Während sich der Notarzt und seine beiden Mitarbeiter um die Leiche kümmerten, musterte Sina die sechs Personen, die sich auf der Bühne befanden.

»Wer von denen hat das Sagen?«, fragte sie Sven leise.

»Der Mann im dunkelgrauen Anzug ist Corbinian Kupfer, der Regisseur. Der, der sich um die beiden sitzenden Frauen kümmert, Robert Voss, sein Regieassistent.«

Sina musterte die beiden Männer kurz. Kupfer schien in den Vierzigern zu sein, hatte sich aber eine gewisse jugendliche Lässigkeit bewahrt, an der auch die Tatsache, dass er einen Anzug trug, nichts änderte. Mittelbraune, kurze Locken, ein markant geschnittenes Gesicht, die Augen wirkten hellwach.

Voss wiederum war höchstens Mitte dreißig, trug Jeans und einen Pullover. Sein Haar war hellblond und hätte einen Schnitt vertragen können. Seine Stirn lag in tiefen Falten.

»Gibt es hier einen Raum, in dem wir die Beteiligten einzeln befragen können? Eine Garderobe oder etwas in der Art?«

»Ja, gibt es. Sie haben einen kleinen Aufenthaltsraum hinter der Bühne.«

»Dann lass uns anfangen.« Sina wollte sich schon in Bewegung setzen, als ihr noch etwas einfiel. Sie bedeutete Sven, sich zu ihr herunterzubeugen, damit sie leise sprechen konnte. »Der Notarzt meinte vorhin, er hätte zwei der Frauen etwas zur Beruhigung geben müssen.«

»Ja, Selina Engels, das ist die Schauspielerin, die den Dolch geführt hat«, antwortete Sven mit leiser Stimme. »Die ist natürlich schwer geschockt. Dazu noch die Kostümbildnerin Christine Lorenzen. Sie war wie gesagt die Freundin des Toten.«

»Gut, die beiden können natürlich gehen. Sorge dafür, dass sie gut nach Hause kommen. Frage, ob sie jemand abholen kann oder bestell ihnen ein Taxi.« Sie zögerte kurz. »Es wäre natürlich am besten, wenn keine der beiden jetzt allein sein muss.«

Sven drückte Sinas Arm. »Keine Angst, ich kümmere mich um alles.«

***

Sina hatte sich entschieden, Corbinian Kupfer als Ersten zu befragen. Sie hasste es, wenn sie so unvorbereitet in eine Befragung gehen musste. Noch dazu im eleganten schwarzen Hosenanzug, mit hellblauer Seidenbluse und mit nassen Schuhen.

Es ist nur eine vorläufige Befragung. Ich will ja nur von ihm wissen, wie er das Geschehene erlebt hat. Alles weitere kommt dann in den nächsten Tagen dran.

Sina und der Regisseur saßen sich an einem kleinen Tisch gegenüber, der sich in einem zweckmäßig eingerichteten Raum befand. Außer dem Tisch und einigen Stühlen gab es hier nur eine Konsole mit Kaffeemaschine, Wasserkocher und Mikrowelle, ein Regal mit Tassen und Tellern sowie einen Kühlschrank. In einer Ecke waren zudem Getränkekisten gestapelt.

Sina kam sich nicht nur unpassend gekleidet vor, sondern fühlte sich auch ein wenig unwohl, weil sie ihre sonst wichtigsten Arbeitsmaterialien nicht dabeihatte: Notizblock und Stift. Heute Abend musste also ihr Handy herhalten.

Sie schaltete die Aufnahmefunktion ein und legte das Gerät in die Mitte des Tisches. Erst nannte sie ihren eigenen Namen und den des Regisseurs, dazu das Datum und die Uhrzeit.

»Dies ist kein Verhör, Sie werden nur als Zeuge befragt«, fügte sie hinzu. »Außerdem möchte ich unser Gespräch kurz halten, für eine ausführliche Befragung würden wir Sie demnächst wieder kontaktieren.«

Corbinian Kupfer nickte. »Selbstverständlich.«

»Wo befanden Sie sich zum Zeitpunkt der Tat?« Kaum hatte sie das letzte Wort ausgesprochen, zögerte Sina. War der Begriff *Tat* in diesem Zusammenhang wirklich passend? Es sah ja ganz danach aus, als sei der Schauspielerin, die den tödlichen Dolchstoß ausgeführt hatte, die Mordwaffe nur untergeschoben worden.

Kupfer schien sich an dem Wort jedoch nicht zu stören. Ohne zu zögern antwortete er. »Ich stand ein Stück vom Bett entfernt, beobachtete die beiden Darsteller ganz genau. Es sollte der letzte Probendurchgang dieser Szene sein. Es handelt sich um eine der wichtigsten und kompliziertesten Szenen im ganzen Stück. Vor der Generalprobe morgen wollte ich, dass diese Szene perfekt sitzt. Da sollte jede Nuance stimmen.«

»Standen Sie links oder rechts?« Sina sehnte sich nach einem Blatt Papier und einem Stift. Liebend gerne hätte sie ein Diagramm gezeichnet, um sich vor Augen zu führen, wo sich die einzelnen Beteiligten im entscheidenden Moment aufgehalten hatten.

»Vom Auditorium aus gesehen links.«

»Unmittelbar vor Beginn der Probe, was haben Sie da gemacht?«

»Wir hatten die Szene bereits mehrfach geprobt. Vor diesem Durchgang, der wie gesagt der letzte für heute sein sollte, haben wir eine kurze Pause gemacht.«

»Wo haben Sie sich während dieser Pause aufgehalten?«

»Vor der Pause saß ich im Auditorium, habe die Probe von dort aus verfolgt. Nachdem ich die Pause angesagt hatte, bin ich nach draußen gegangen, um eine Zigarette zu rauchen.« Er verzog das Gesicht. »Es war allerdings reichlich ungemütlich, hatte bereits zu regnen begonnen. Normalerweise stelle ich mich ein Stück neben den Bühneneingang, doch vorhin habe ich einfach nur die Tür geöffnet und bin im Gang stehengeblieben.«

Sina machte sich eine mentale Notiz, dass sie auch einen Rundgang durch das Theater unternehmen müsste, um sich mit den Örtlichkeiten vertraut zu machen.

»Als Sie den Bereich des Bühneneingangs wieder verließen, haben Sie da die Tür zugesperrt?«

Corbinian schüttelte den Kopf. »Das Abschließen ist normalerweise Aufgabe des Theater-Pförtners. Der ist jedoch pünktlich um sechs gegangen. Die Schlüssel hat er meinem Regieassistenten, Herrn Voss, übergeben. Der hätte sich nach Probenende darum gekümmert, dass die Technik ausgeschaltet ist und alle Türen versperrt sind.«

»Gut, Sie waren also am Bühneneingang und sind dann direkt zurück auf die Bühne gegangen?«

Der Regisseur nickte. »Dort besprach ich mich noch kurz mit den beiden Darstellern.«

»Wo befand sich der Requisitendolch während der Pause?«

Kupfer runzelte die Stirn. »Ich habe ehrlich gesagt keine Ahnung. Ich erinnere mich noch daran, dass

Anja Jörden, das ist unsere Requisiteurin, den Dolch brachte, als ich schon neben dem Bett stand, wo die beiden Darsteller bereits standen beziehungsweise saßen.« Er strich sich mit einer Hand über die kurzgeschnittenen, lockigen Haare. »Sie müssen Anja fragen. Es gibt einen Tisch für die Requisiten neben der Bühne. Wahrscheinlich hatte sie den Dolch dort abgelegt.«

Sina sah sich um. *Ich kann mir das nicht alles merken. Irgendwo muss es doch etwas zu schreiben geben.*

Sie griff nach ihrem Handy. »Danke, Herr Kupfer. Für heute wäre das alles. Wir melden uns morgen Vormittag wieder bei Ihnen.«

Erstaunt sah der Regisseur sie an. »Heißt das, ich kann gehen?«

Wieso überrascht ihn das jetzt? Dachte er, ich verpasse ihm hier und jetzt den dritten Grad?

»Ja, aber wie gesagt, halten Sie sich bitte zu unserer Verfügung.«

Mit diesem Spruch, der jedem TV-Krimi zur Ehre gereicht hätte, beendete Sina die Befragung.

Gemeinsam mit dem Regisseur ging sie zurück auf die Bühne, um die nächste Person abzuholen, die sie befragen wollte.

Die beiden Stühle, die an der Bühnenseite gestanden hatten, waren leer. Sven und die verbliebenen drei Zeugen saßen im Zuschauerraum in der ersten Reihe.

Vielleicht ist eine dieser Personen gar kein Zeuge, sondern der Täter, dachte Sina. Die junge Frau, die zwei Sitze neben Sven saß, war die Requisiteurin, sie hätte die beste Gelegenheit gehabt, den Dolch auszutauschen. Dann waren da noch der Regieassistent und die Frau mit der Brille, die Dramaturgin.

Sowohl die Requisiteurin als auch der Regieassistent waren mit ihren Handys beschäftigt, während die Dramaturgin einen dicken Schnellhefter an sich gepresst hielt und einfach nur ins Leere starrte.

Sina winkte Sven zu sich. »Zwei Punkte. Ich habe natürlich nichts zu schreiben dabei, könntest du mir Stift und Papier leihen?«

Sven zog einen kleinen Block und einen Kugelschreiber aus seiner Jackentasche und reichte beides seiner Vorgesetzten.

»Danke. Zweitens: Wie hieß noch mal die Dramaturgin?«

»Natalie Drewes. Die hat die ganze Sache offenbar schwer mitgenommen«, sagte Sven.

»Gut, die befrage ich als Nächstes. Das wird wahrscheinlich nicht allzu lange dauern.«

***

Auch als Natalie Drewes Sina gegenübersaß, machte sie immer noch einen abwesenden Eindruck. Sie sah Sina nicht direkt an, schien über ihre Schulter hinweg ins Nichts zu starren.

Sina betrachtete die Dramaturgin. Sie war unauffällig in Grau- und Beigetönen gekleidet, hatte dunkelbraune Haare und trug eine randlose Brille. Ihr Gesicht war kalkweiß.

Ist die immer so blass oder ist das der Schock?

»Wie kann so etwas nur passieren?«, flüsterte Natalie Drewes. »Das ist so furchtbar.«

Sina bemühte sich, ihrer Stimme einen beruhigenden Klang zu geben. »Frau Drewes, ich habe nur einige kurze Fragen an Sie, dann können Sie gehen.

Alles Weitere veranlassen wir morgen.« Sie beugte sich vor und versuchte, Blickkontakt herzustellen. Vergeblich. »Erzählen Sie mir bitte einfach nur kurz, wo Sie sich während der Pause aufgehalten haben.

»Ich war kurz hier, habe mit Robert gesprochen. Er bot an, mich nach Hause zu fahren. Ich habe mir Sorgen wegen des Sturms gemacht.« Drewes' Antwort kam mechanisch, ihre Stimme war tonlos. »Dann bin ich zurück ins Auditorium gegangen und habe mich vor die Bühne gestellt und darauf gewartet, dass es weitergeht.«

»Herr Voss blieb noch hier im Aufenthaltsraum?«

Drewes schob ihre Brille mit dem Zeigefinger zurecht. »Ja, er kam ein paar Minuten später auch ins Auditorium und setzte sich ebenfalls in die erste Reihe. Neben Christine. Die unterhielt sich die ganze Zeit mit Selina.« Sie schluckte schwer. »Also, die ganze Zeit, die ich dort war.«

Sina hatte sich kurze Notizen gemacht. In Gedanken ging sie rasch alle Beteiligten durch. »Was ist mit Anja Jörden und Corbinian Kupfer? Wo waren die?«

Drewes schüttelte den Kopf. »Die habe ich nicht gesehen.«

»Haben Sie Marc Rohde gesehen? Wissen Sie, wo er sich in der Pause aufhielt?«

Die Dramaturgin kniff die Augen zusammen, sie sah aus, als bereite ihr diese Frage körperliche Schmerzen. »Nein, den habe ich auch nicht gesehen«, antwortete sie mit gepresster Stimme.

Sina wunderte sich über die Reaktion von Natalie Drewes, fragte jedoch nicht nach.

Wahrscheinlich ist sie einfach nur von den Ereignissen geschockt und überfordert.

Sina ergänzte ihre Notizen und stand auf. »Vielen

Dank, Frau Drewes. Soll ich Ihnen ein Taxi rufen oder wollen Sie auf Herrn Voss warten?«

Die Dramaturgin schien mit sich zu ringen. Schließlich sprach sie aus, was sie beschäftigte. »Ich möchte so schnell wie möglich weg von hier. Aber ich weiß nicht, wie viel ein Taxi kostet.« Ihre sowieso schon leise Stimme wurde noch leiser. »Ich weiß nicht, ob ich mir das leisten kann.«

Sina blätterte in Svens Block, suchte nach der Adresse, die Natalie Drewes angegeben hatte. »Ich sehe, Sie wohnen in Westerland. Das ist ja nicht allzu weit. Ich bin mir sicher, das geht in Ordnung.« Sie nahm ihr Smartphone zur Hand. »Wissen Sie was? Ich rufe gleich einen Bekannten von mir an, der Taxifahrer ist.« Sie lächelte ihr Gegenüber an. »Sie können schon Ihre Sachen packen, wir sind für heute fertig.«

Sobald Natalie Drewes den Raum verlassen hatte, wählte Sina die Nummer ihres Bekannten und erklärte ihm kurz die Lage. Da er sowieso im Dienst war, bei dem Unwetter jedoch kaum Fahrten hatte, erbot er sich sofort bereit, zur Sylter Bühne zu kommen.

»Um die Bezahlung soll die Dame sich mal keine Sorgen machen«, meinte er. »Du gibst mir demnächst ein Bier aus und die Sache ist geritzt.«

Sina bedankte sich und legte auf. Dann überlegte sie, wen sie als Nächstes befragen wollte.

Die Requisiteurin oder den Regieassistenten?

Sie entschied sich für Robert Voss. Die Frau, die für den Requisitendolch verantwortlich gewesen war, wollte sie sich bis zum Schluss aufheben.

***

Von allen Beteiligten, mit denen sie sich bis jetzt unterhalten hatte, machte Robert Voss den gefasstesten Eindruck. Jetzt aus der Nähe sah Sina, dass er trotz seiner hellen Haare warme, braune Augen hatte. Der Regieassistent war ihr auf Anhieb sympathisch. Seine Aussage bestätigte das, was ihr Natalie Drewes bereits gesagt hatte.

Er sei direkt nach Ansage der Pause in den Aufenthaltsraum gegangen, um ein Glas Wasser zu trinken, nach seiner Rückkehr ins Auditorium habe er sich neben Christine Lorenzen in die vorderste Zuschauerreihe gesetzt.

Sina machte sich kaum Notizen, setzte nur die Buchstaben *RV* neben alle Punkte, die Drewes bereits erwähnt hatte. Auch Robert wusste nicht, wo sich Regisseur, Requisiteurin und das spätere Opfer während der Pause aufgehalten hatten.

Sie hielt das Gespräch kurz und bat auch Voss, sich für weitere Befragungen zur Verfügung zu halten, als sie sich von ihm verabschiedete.

Dann bin ich jetzt gespannt, was mir Anja Jörden erzählen wird, dachte Sina.

***

Da nur noch die Requisiteurin befragt werden musste, hatte Sina beschlossen, das Gespräch gemeinsam mit Sven im Auditorium zu führen.

Robert Voss war zwar ebenfalls noch im Theater, da er dafür verantwortlich war abzusperren, war jedoch bereits im Haus unterwegs, um dieser Pflicht nachzukommen.

»Ich kann mir das alles nicht erklären. Wer hat das getan?«, waren Anja Jördens erste Worte gewesen. Trotzdem machte sie einen relativ gefassten Eindruck auf Sina. Sie war deutlich jünger als die anderen Personen, die Sina bislang befragt hätte. Die Kommissarin schätzte Anja Jörden auf Ende zwanzig, höchstens dreißig. Mit ihrem dicken, honigblonden Haar und den ebenmäßigen Gesichtszügen war die Requisiteurin sehr attraktiv, was sie durch dezentes Make-up noch unterstrich.

Wie die anderen Beteiligten fragte Sina auch Anja zuerst danach, wie und wo sie die Pause verbracht hatte.

»Zuerst bin ich zu Selina gegangen und habe ihr den Dolch abgenommen. Dann habe ich ihn auf den Requisitentisch gelegt, wie immer. Da Corbinian bereits gesagt hatte, dass wir heute nur noch diese eine Szene proben, habe ich beschlossen, die anderen Requisiten bereits wegzuräumen. Ich dachte, dann spare ich nach Probenende Zeit, weil dann hätte ich nur noch den Dolch wegbringen müssen.«

»Wohin haben Sie die nicht mehr benötigten Requisiten gebracht?«, fragte Sina.

»Wir haben einen Raum, den wir nur die Werkstatt nennen. Das hier ist ein kleines Theater, da sind wir räumlich ziemlich eingeschränkt. Normalerweise hätten Requisite, Kostüm und Maske separate Räume, aber hier wird alles, was auch nur im weitesten Sinne mit Herstellung zu tun hat, in der Werkstatt erledigt. Dort schneidert Christine mit ihren Mitarbeitern die Kostüme, da werden auch Perücken geknüpft und Prothesen angefertigt und auch alle Klein- und Großrequisiten entweder angefertigt oder diejenigen, die wir fertig kaufen, gelagert, wenn sie nicht gebraucht werden.«

»Gut, diesen Raum würde ich gerne sehen«, sagte

Sina und stand auf. »Aber vorher zeigen Sie mir bitte noch den Requisitentisch.«

Anja führte Sina zur Seitenbühne. Dort stand ein schlichter Holztisch, auf dessen Tischplatte mehrere Streifen beschriftetes Kreppband klebten. Ansonsten war der Tisch leer.

Anja deutete auf eine Stelle ganz rechts. »Da lag immer der Requisitendolch.«

Direkt über der Stelle, auf die sie zeigte, klebte ein Stück Kreppband, auf dem mit schwarzem Stift *Akt V Szene 2* geschrieben stand.

»Der Dolch ist das einzige Requisit, das für diese Szene benötigt wird«, sagte Anja. »Morgen bei der Generalprobe und dann bei den Vorstellungen wäre dieser Tisch anders organisiert worden. Da hätte ich immer nur die Requisiten für einen Akt auf den Tisch gelegt und dann kontinuierlich alles, was nicht mehr benötigt wird, weggeräumt und neue Requisiten bereitgelegt. Der Dolch kam außerdem noch in einer weiteren Szene vor, da Evadne, also Selinas Rolle, später im Stück auch noch Selbstmord begeht.«

»Hatten Sie nur den einen Requisitendolch oder gibt es ein Duplikat?«, wollte Sina wissen.

»Nur den einen. Das hier ist wie gesagt ein kleines Theater. Allzu groß ist unser Budget nicht.«

Sina sah über die Schulter zurück zur Bühne, schätzte den Abstand vom Requisitentisch zu der Stelle, wo sich die Tragödie ereignet hatte, ab.

Wenn jemand dort drüben gestanden wäre und in diese Richtung gesehen hätte, dann hätte er sehen müssen, ob sich jemand anders als Anja am Requisitentisch zu schaffen machte.

Sina dachte rasch zurück an das, was ihr die bisher Befragten erzählt hatten. Niemand war in der Pause auf der Bühne zurückgeblieben. Alle waren entweder in den Aufenthaltsraum, zum Bühneneingang zum Rauchen oder in den Zuschauerraum gegangen.

Ich habe aber Selina und Christine noch nicht befragt. Vielleicht haben die etwas beobachtet. Außerdem habe ich keine Ahnung, was Marc Rohde während der Pause getan hat. Ich glaube zwar kaum, dass dies eine besonders perfide Form des Selbstmords war, aber ich muss trotzdem versuchen, zu rekonstruieren, wo er sich aufgehalten hat.

Sina nickte Anja zu. »Wenn Sie mir nun bitte Ihre sogenannte Werkstatt zeigen würden.«

Anja ging voraus. Von der Seitenbühne gelangten sie durch eine Tür in einen schmalen Gang. Nach einigen Schritten öffnete Anja eine Tür und schaltete das Deckenlicht ein.

Sie betraten einen großen Saal, der auf Sina chaotisch wirkte. Linkerhand befanden sich lange Reihen mit Kleiderständern auf Rollen, an denen Kostüme hingen, zur Rechten standen Arbeitstische, auf denen sich allerlei Utensilien häuften und stapelten, die Sina auf die Schnelle nicht identifizieren konnte. Mittig im Raum stand ein großer Holztisch, auf dem neben Kartons und durchsichtigen Plastikboxen allerhand Werkzeuge lagen.

Anja ging zielstrebig zum Kopfende dieses Tisches und legte die Hände auf zwei große Plastikboxen. »Hier sind die Requisiten für Die Tragödie der Jungfrau drin.« Mit dem Kinn deutete sie auf den Tisch. »Die Werkzeuge gehören den Kollegen, die zurzeit daran arbeiten, Requisiten für das nächste Stück herzustellen. In den Pappkartons befinden sich Arbeitsmaterialien.«

»Wurde der Requisitendolch hier hergestellt oder

wurde der fertig gekauft?«, fragte Sina.

»Der stammt von einem Spezialhandel für Bühnen- und Filmrequisiten. Die haben alle möglichen Waffennachbildungen, aber auch andere Requisiten.«

Sina machte sich eine Notiz. Möglicherweise würde sie mit diesem Unternehmen Kontakt aufnehmen müssen.

»Als die Probe weiterging, da haben Sie nicht bemerkt, dass der Dolch ausgetauscht worden war?«

Anja hob in einer fragenden Geste beide Hände. »Wie denn? Der lag genau an der Stelle, wo ich ihn in der Pause abgelegt hatte. Sah auch genauso aus.«

»Der echte Dolch muss doch aber schwerer gewesen sein als der Requisitendolch«, gab Sina zu bedenken. »Schließlich war da der Griff nicht hohl.«

Anja zuckte mit den Schultern. »Das habe ich in der Eile nicht bemerkt. Corbinian ist sehr ungehalten, wenn etwas mal länger dauert. Als ich gemerkt habe, dass die Pause vorbei ist, habe ich mir den Dolch geschnappt und bin ganz schnell auf die Bühne gegangen. Ob der vielleicht schwerer war als vorher, habe ich dabei nicht bemerkt.«

Sina überlegte kurz. »Haben Sie den Dolch auf Funktionsfähigkeit getestet, bevor Sie ihn Selina Engels gaben? Für Waffen gibt es doch sicher entsprechende Sicherheitsvorschriften.«

Anja schüttelte den Kopf. »Da der Dolch gerade erst im Einsatz gewesen war und dabei einwandfrei funktioniert hatte, habe ich das nicht getan.«

Sina machte sich eine Notiz, auch Selina Engels ausdrücklich zu fragen, ob sie nicht bemerkt hatte, dass es sich um einen anderen Dolch gehandelt hatte.

»Gut, danke, Frau Jörden. Das reicht mir für heute.«

Sie gingen zurück ins Auditorium, wo Sven auf sie wartete. Er hatte Gesellschaft bekommen, Robert Voss saß neben ihm, in der Hand einen großen Schlüsselbund.

Als Voss Sina und Anja erblickte, stand er auf. »Sind Sie fertig? Kann ich das Licht ausschalten?«

***

Robert ließ sich auf das Sofa fallen. Er konnte sich nicht erinnern, jemals in seinem Leben so erschöpft gewesen zu sein.

Was für ein Horrortag.

Er sah sich in der Ferienwohnung um, in der er für die Dauer seines Aufenthaltes auf Sylt wohnte. Sechs Monate, drei Inszenierungen, so sahen es die Verträge vor, welche die Sylter Bühne mit Corbinian Kupfer, Marc Rohde, Christine Lorenzen und Robert geschlossen hatte.

Robert erinnerte sich noch ganz genau daran, wie geschmeichelt er gewesen war, dass Kupfer ausgerechnet ihn gebeten hatte, als Regieassistent mit auf die Nordseeinsel zu kommen.

Sie hatten zwar bereits einige Inszenierungen in Hamburg gemeinsam gemacht, doch Kupfer hatte in seiner langen Karriere mit zahlreichen Regieassistenten zusammengearbeitet. Da ausgewählt zu werden, hatte Robert als Ehre empfunden.

Und jetzt sitze ich hier, in dieser trostlosen Ferienwohnung, und weiß nicht, wie es weitergeht. Ob es überhaupt weitergeht. Habe ich noch einen Job oder werde ich aus wichtigem Grund fristlos gekündigt?

Er schloss die Augen. In dem Falle müsste er unverzüglich nach Hamburg zurückkehren und sich schnellstmöglich einen neuen Job suchen.

Wenigstens wäre der Mietvertrag für die Wohnung kein Problem für mich. Die hat das Theater angemietet. Die restlichen Mietzahlungen wären dann deren Sache.

Seine eigene Wohnung in Hamburg hatte Robert für ein halbes Jahr untervermietet. Das wäre also sehr wohl ein Problem für ihn.

Jobs wachsen nicht gerade auf den Bäumen und kurzfristig eine Wohnung finden, bis ich zurück in meine eigene kann, wäre auch kein Spaß.

Robert sah sich schon Taxi fahren und in einer billigen Pension wohnen, während er Bewerbungen verschickte.

All das, weil ich unbedingt mit Kupfer nach Sylt wollte. Dabei hatte ich doch sogar erst noch gedacht, dass ich nicht aus Hamburg wegwill. Hätte ich mal auf meinen Instinkt gehört.

Er hatte tatsächlich nicht sofort zugesagt, sondern sich eine kurze Bedenkzeit erbeten. Dann hatte er ausführlich das Für und Wider abgewägt.

Für eine Zusage sprach, dass er gerne mit Corbinian Kupfer zusammenarbeitete. Dessen Arbeitsweise gefiel ihm, ebenso wie die Stücke, die Kupfer sich aussuchte. Ein weiteres Pro war der Gedanke, dass es ihm guttun könnte, einmal eine Zeitlang aus seinem üblichen Trott auszubrechen, neue Horizonte zu erforschen.

Dagegen hatte nur gesprochen, dass er sich nicht wirklich vorstellen konnte, auf Sylt zu leben. Doch diesen Einwand hatte er mit dem Argument beiseite gewischt, dass es doch nur sechs Monate seien. Ein halbes Jahr, keine allzu lange Zeit.

Seufzend erhob Robert sich vom Sofa, um ins Bad zu gehen.

Von wegen nicht lang. Diese sechs Monate sind noch längst nicht vorbei und sind doch schon die längsten sechs Monate meines Lebens.

***

Sven hatte Sina zurück zum Campingplatz gefahren. Ihren eigentlichen Plan, bei Jan zu übernachten, hatte sie bereits auf dem Weg zum Theater aufgegeben.

Wenn ich den Kopf so voll mit einem neuen Fall habe, bin ich keine gute Gesellschaft. Da bin ich lieber für mich.

Aus diesem Grund lag sie nun allein in ihrem eigenen Bett und starrte die Decke an. Das Licht hatte sie zwar bereits vor einiger Zeit ausgeschaltet, doch auf Schlaf wartete sie bislang vergeblich. Und das, obwohl sie dank Ohrstöpseln das Heulen des Sturms gar nicht mehr hörte.

Sina schloss die Augen und atmete langsam ein und aus, entspannte gleichzeitig ihre Gesichtsmuskeln. Sie hatte einmal gelesen, dass helfe beim Einschlafen.

Bei mir offenbar nicht.

Sie schlug die Augen wieder auf, spähte ins Zwielicht. Trotz der späten Stunde fühlte sie sich hellwach.

Sieben Personen abends in einem Theater, eine dieser Personen stirbt. Wir haben also nur sechs Verdächtige, der Fall sollte demnach schnell zu lösen sein.

Sina runzelte die Stirn.

Waren wirklich nur diese sieben Personen im Theater? Dass der Bühneneingang nicht abgeschlossen war, weiß ich ja schon. Dann wäre es doch wohl ein Leichtes gewesen, das Theater zu betreten und in einem unbeobachteten Moment den Dolch auszutauschen.

Sina rollte sich auf die Seite und überlegte.

In dem Fall müsste es aber ein Insider gewesen sein. Jemand, der genau wusste, wo sich der Requisitentisch befand. Ach ja, wie der Dolch aussah, muss derjenige natürlich auch gewusst haben. Schließlich benötigte er ein exaktes Replikat.

Ihr wurde klar, dass sie bei den ganzen Gedanken, die ihr durch den Kopf gingen, noch lange nicht einschlafen würde. Also schwang Sina die Beine aus dem Bett und schaltete das Licht wieder ein.

Sie holte sich einen Notizblock und begann zu schreiben. Zu Beginn eines Falles legte Sina gerne ein Memo an, das nur für ihre Augen bestimmt war. Dort schrieb sie alles auf, was ihr an Ideen und Beobachtungen durch den Kopf ging. Normalerweise tat sie das am Computer, doch darauf, jetzt ihren Laptop hochzufahren, hatte sie wirklich keine Lust.

Es ist ein Uhr nachts. Wenn ich mich jetzt noch vor einen flimmernden Bildschirm setze, schlafe ich nie ein.

Sie notierte sich, dass sie den Spezialhandel, bei dem der Requisitendolch bestellt worden war, kontaktieren wollte. Sie wollte auch Fotos der Tatwaffe mit Fotos des Requisitendolches vergleichen. Dann recherchieren, ob es Unternehmen gab, bei denen man anhand von Fotos die Anfertigung eines Dolches in Auftrag geben könnte.

Das ist wahrscheinlich ein Fass ohne Boden,

dachte sie. *Vielleicht hat der Täter sich den Dolch ja auch im Ausland anfertigen lassen, dann finden wir seine Bezugsquelle nie.*

Trotzdem setzte sie diesen Punkt auf ihre Liste zu erledigender Aufgaben, sie wollte nichts unversucht lassen.

Aber das ist etwas, das nicht sofort angegangen werden muss. Vielleicht finden wir den Täter ja auch, ohne dass wir die Herkunft der Waffe feststellen müssen.

Die Befragungen von Selina und Christine standen noch aus. Ebenso wie ausführliche Befragungen aller Beteiligten.

Dazu müssen wir aber auf jeden Fall auch noch eine Liste aller im Theater Beschäftigten anlegen. Die anderen Schauspieler, die gestern Abend nicht mehr bei der Probe dabei waren, alle Techniker, wie zum Beispiel Beleuchter, die anderen Mitarbeiter von Requisite, Kostüm und Maske. Dazu Leute wie Platzanweiser, Kartenverkäufer und Pförtner.

Sina überlegte, schloss dann aber aus, dass auch Lieferanten und andere Besucher des Theaters als Verdächtige in Frage kämen.

Nein, es muss jemand sein, der zum Bereich hinter der Bühne Zugang hat.

Sie unterdrückte ein Gähnen und sah auf die Uhr. Nach halb zwei.

Vielleicht kann ich jetzt endlich schlafen.

Sie legte den Block zur Seite, auf dem sie mehrere Seiten beschrieben hatte, und löschte erneut das Licht.

Wenige Minuten später war Sina tatsächlich eingeschlafen.

Kapitel zwei

»Fangen wir mit den vier wichtigsten Fragen, die Ausgang einer jeden Ermittlung sind, an«, sagte Sina.

Sie stand gemeinsam mit Sven in ihrem Büro im Sylter Polizeirevier. Dort hing an einer Wand ein großes Whiteboard, auf das Sina nun mit einem Textmarker schrieb.

»Was ist geschehen? Wie ist es geschehen? Wer war das Opfer? Warum ist das geschehen?«

»Wie immer ist die letzte Frage natürlich die alles entscheidende«, meinte Sven.

»Und diejenige, die am schwersten zu beantworten ist«, sagte Sina. »Fangen wir also mit den leichtesten Fragen an. Was ist geschehen?«

»Ein Mann wurde erstochen. Die Frau, die ihn erstach, dachte, sie hält eine harmlose Requisitenwaffe in der Hand. Jemand hatte zuvor den Requisitendolch gegen einen echten Dolch ausgetauscht.«

»Das beantwortet in groben Zügen sogar die beiden ersten Fragen. Wie ist es geschehen? Jemand hat die beiden Dolche vertauscht. Das erforderte natürlich gründliche Vorarbeit. Einfach mal eben so spontan ließ sich diese Tat nicht begehen.«

Sven nickte nachdenklich. »Das bedeutet also, wir haben es auf jeden Fall mit Mord zu tun. Sorgfältig vorausgeplant. Warum? Da tappen wir noch absolut im Dunkeln.«

»Befassen wir uns also jetzt mit Frage Nummer drei. Wer war das Opfer?« Sina unterstrich die dritte Frage doppelt. »Bis jetzt wissen wir noch so gut wie nichts über Marc Rohde. Er war Schauspieler, mit Christine Lorenzen, der Kostümbildnerin, liiert.« Sie sah zu Sven auf. »Kanntest du den? Ich meine, hast du den schon mal im Fernsehen oder sogar im Kino gesehen?«

Sven schüttelte den Kopf. »Ich bin aber auch nicht so der Fernsehgucker. Und Gesichter oder gar Namen von Schauspielern kann ich mir gar nicht merken.«

Sina legte den Textmarker beiseite und wandte sich ihrem Schreibtisch zu. »Dann starten wir doch eine schnelle Google-Suche, bevor wir mit den Befragungen weitermachen. Ich möchte wenigstens einen ersten, oberflächlichen Eindruck davon bekommen, was dieser Rohde für ein Typ war.«

Sven setzte sich neben Sina, während diese den Namen des toten Schauspielers in die Suchleiste eingab.

»Geboren am 4. Juni 1980, also wurde er zweiundvierzig Jahre alt. In Hamburg geboren, aufgewachsen und auch immer noch dort wohnhaft.« Sie sah Sven fragend an. »Erinnere ich mich richtig, dass Corbinian Kupfer auch aus Hamburg kommt?«

»Ja, der ist nur vorübergehend hier. Als Gastregisseur an der Sylter Bühne. Robert Voss und Christine Lorenzen hat er ebenfalls mitgebracht. Mit beiden hat er schon öfter in Hamburg zusammengearbeitet.«

»Also gehören Kupfer, Voss, Lorenzen und Rohde nicht zur, nennen wir es mal, Stammbelegschaft des Sylter Theaters?«, fragte Sina.

»Ganz genau. Die vier hatten befristete Verträge für jeweils ein halbes Jahr. Die Tragödie der Jungfrau sollte Kupfers erste Inszenierung hier auf Sylt sein. Dann sollten noch zwei weitere folgen. Wie genau das alles abgelaufen wäre, weiß ich aber auch noch nicht. Da müssten wir Kupfer und Voss und vielleicht auch noch den Intendanten des Theaters befragen«, sagte

Sven. Er blätterte in seinem Notizblock, den er auf den Knien hielt. »Gregor Weiss, so heißt der Intendant.«

Sina legte den Kopf schräg. »Der Name sagt mir sogar was. Der taucht öfter im Sylter Boten auf.«

Sie richtete den Blick wieder auf den Bildschirm. »Aber weiter mit Rohde. Hier steht, er wurde vor allem durch seine Rolle in einer Vorabendserie bekannt. Da hat er einige Jahre lang einen Kommissar gespielt. Ausgerechnet.«

»Wie hieß die Serie denn?«

»Die Hafenwache. Den Titel habe ich sogar mal gehört, aber angeschaut habe ich mir das nie.«

»Ich kenne die Serie auch nicht. Am Vorabend bin ich ja noch gar nicht daheim. Da könnte ich gar nicht fernsehen, selbst wenn ich wollte«, sagte Sven.

Sina lachte. »Am Vorabend bist du mit deinem Kite am Strand und hoffst, dass der Wind günstig steht.«

Sven grinste seine Vorgesetzte an. »Ganz genau, du kennst mich mittlerweile richtig gut.« Er deutete auf den Bildschirm. »Was steht da noch? Auch was Privates?«

»Noch ein paar Rollen und dass er mit einer Kollegin verheiratet war. Von 2011 bis 2019. Seine Ex-Frau heißt Maria Huss und hat auch in der Serie mitgespielt.«

»Du weißt, ich bin Sylter mit Herz und Seele und liebe meine Insel, aber ganz ehrlich: Die Sylter Bühne ist jetzt nicht gerade der Nabel der Theaterwelt«, meinte Sven. »Für so jemanden wie Rohde, der sonst TV-Rollen gewohnt ist, muss das Engagement hier doch einen Abstieg bedeutet haben.«

Sina nickte nachdenklich. »Er hatte auch nur einen Halbjahresvertrag. Allzu viel Geld wird hier nicht zu verdienen gewesen sein.«

Sven verschränkte die Arme. »Außer der Chef vom Theater will die Sylter Bühne ganz groß aufbauen und Topstars hier auf die Insel holen und lässt sich das was kosten.«

»Aber von welchem Geld denn? Du hast doch gesehen, dass der Zuschauerraum recht klein ist. So groß können die Einnahmen aus Eintrittskartenverkäufen gar nicht sein, selbst wenn die jeden Abend volles Haus hätten.« Sina dachte an ihren Besuch des Theaters mit Jan vor einiger Zeit zurück. »Was nicht immer der Fall ist. Als Jan und ich uns ein Stück angesehen haben, war das Theater zwar gut besucht, aber von ausverkauft konnte keine Rede sein.«

»Könnte es sein, dass die staatliche Fördergelder kriegen? Kulturförderung?«

»Vielleicht, aber ich glaube, wir kommen grade ein wenig zu weit vom Thema ab. Lass uns einfach mal davon ausgehen, dass selbst bei guter Bezahlung für Rohde dieses Engagement nicht gerade einen großen Karrieresprung bedeutet hätte.« Sina sah wieder auf den Bildschirm. »Seit er nicht mehr in der Serie mitspielt, sind die Rollen eher mager gesät. Hier ein TV-Film, da ein Gastauftritt in einer Serie. Dann hat er auch noch als Synchronsprecher gearbeitet. Aber große Kinofilme sucht man in seiner Vita vergebens.«

»Wie sieht es mit anderen Theaterrollen aus? Vielleicht war er ja einer von der Sorte, der an der Bühne hing und lieber Abend für Abend auf den Brettern stand, die ja angeblich die Welt bedeuten, statt vor einer Fernsehkamera?«

Sina scrollte, dann schüttelte sie den Kopf. »Theater hat er zuletzt vor der TV-Serie gespielt. Sieht alles nach Provinzbühnen aus.« Sie lehnte sich zurück. »Ich fasse das mal zusammen: Diese Fernsehserie war sein großer Durchbruch. Solange er da mitspielte, war er gut im Geschäft, hatte auch immer mal wieder andere Rollen, wenn die Serie Drehpause hatte, aber seit seinem Ausstieg aus der Hafenwache ging es mit seiner Karriere eher abwärts.«

»Ausstieg oder Rauswurf«, warf Sven ein. »Da steht nicht, ob er freiwillig gegangen ist, oder? Die Serie an sich läuft ja wohl noch.«

Sina machte sich eine Notiz. »Gut, da müssten wir auch mal nachhaken. Wenn es Ärger mit Kollegen, dem Regisseur oder der Produktionsfirma gab und Rohde deswegen gefeuert wurde, könnte uns das wichtige Informationen über seinen Charakter geben.«

»Was uns der Beantwortung der Frage *Wer war das Opfer?* näher bringt.« Sven stand auf und klatschte in die Hände. »Ich gehe mal in mein eigenes Büro und kontaktiere unsere Zeugen beziehungsweise Tatverdächtigen. Mit wem möchtest du als Erstes sprechen?«

»Finde bitte heraus, ob Christine Lorenzen und Selina Engels schon vernehmungsfähig sind. Am liebsten würde ich mit Frau Lorenzen beginnen.« Sina deutete mit dem Kinn auf den Bildschirm. »Weitere Informationen über das Opfer sammeln. Das könnte uns schnell zu einem Motiv führen.«

»Oder zu mehreren«, murmelte Sven. »Diese Schauspieler haben doch alle Affärchen und Intrigen am Laufen, die machen sich nicht nur Freunde.«

»Das ist klar«, sagte Sina, »aber die Feinde, die man sich als Schauspieler so macht, bringen einen in der Regel nicht gleich um.«

***

Während Sven in seinem eigenen Büro telefonierte, sammelte Sina noch einige Informationen über Marc Rohde aus dem Internet und machte sich Notizen. Unter anderem fand sie heraus, dass Rohde und der Regisseur Corbinian Kupfer in der Vergangenheit noch nicht zusammengearbeitet hatten.

Kupfer hatte zwar schon Inszenierungen, bei denen Christine Lorenzen die Kostüme entworfen hat, aber mit Rohde hatte er noch nie zu tun. Wie es wohl dazu kam? War Lorenzen die Verbindung oder war das ein Zufall?

Über die Kostümbildnerin war online nicht viel zu finden. Sina stieß zwar auf einige Theaterproduktionen, an denen sie mitgewirkt hatte, fand aber keinerlei persönliche Angaben oder gar Fotos. In den sozialen Medien schien Christine Lorenzen ebenfalls nicht aktiv gewesen zu sein.

Sina wollte sich gerade dem Regieassistenten Robert Voss zuwenden, als Sven zurückkam.

»Christine Lorenzen geht es besser, aber sie fühlt sich noch ein wenig schwach. Sie möchte so schnell wie möglich mit uns sprechen, fragt aber, ob wir zu ihr ins Hotel kommen könnten.«

Sina nickte. »Natürlich, gar kein Problem. Hast du schon eine Zeit mit ihr ausgemacht?«

»Sie sagt, wir können jederzeit vorbeikommen, sie hätte nicht vor, ihr Zimmer heute zu verlassen.«

»Du sagst, sie wohnt in einem Hotel? Sie ist zwar nur für sechs Monate hier am Theater, aber ist das auf Dauer nicht ein wenig zu kostspielig?«

Sven zuckte mit den Achseln. »Wahrscheinlich hat sie sich ein Zimmer mit Marc Rohde geteilt. Außerdem habe ich von diesem Hotel noch nie gehört, wahrscheinlich eher eine bescheidene Unterkunft. Hotel Inselherz heißt es.«

Da Sina ihren Internetbrowser noch geöffnet hatte, tippte sie rasch den Namen des Hotels in die Suchleiste. »Ja, du hast recht. Das sieht auf den Websitefotos eher nach einer hübschen kleinen Pension als nach einem Hotel aus.« Sie klickte auf den Menüpunkt *Preise.* »Doppelzimmer ohne Verpflegung ab 70 Euro pro Nacht. Außerdem steht hier, dass sie Sonderpreise für Langzeitaufenthalte anbieten.«

»Vielleicht haben die ja eine Spezialvereinbarung mit dem Theater. Ihr bringt uns Gäste, wir geben euch Rabatt.«

»Wie auch immer, lass uns sofort losfahren. Ich brenne darauf, zu erfahren, wie Christine Lorenzen den gestrigen Abend erlebt hat.«

***

Der Sturm, der am Vorabend noch so unerbittlich getobt hatte, war über Nacht abgeflaut und hatte einen wolkenlosen Himmel hinterlassen. Sina atmete tief ein, bevor sie in den Dienstwagen stieg. An klaren Herbsttagen wie diesem liebte sie Sylt am meisten.

Das Steuer für die Fahrt zum Hotel Inselherz überließ sie Sven. Sie nutzte die Zeit, um Jan eine Nachricht per WhatsApp zu schreiben. Sie schlug vor, den gemeinsamen Abend bald zu wiederholen.

Außerdem müssen wir den Nachtisch nachholen. Behalte also meine Reisetasche am besten bei dir.

Der Gedanke an das abrupte Ende des vorangegangenen Abends versetzte Sina einen Stich.

Aber das ist ja nichts Neues. Mein Privatleben hat schon immer unter meinem Job gelitten.

Wenigstens hatte sie jetzt wieder so etwas wie ein Privatleben. Jan war auch bis jetzt immer sehr verständnisvoll gewesen, wenn Sina kurzfristig eine Verabredung absagen musste.

Hoffentlich bleibt das auch so.

Sina steckte das Handy weg und sah aus dem Fenster. Sie befanden sich auf der Straße Richtung Norden und fuhren gerade am Sylter Flughafen vorbei.

An einer Kreuzung bog Sven ab und hielt wenig später auf dem Vorplatz des kleinen, familiär wirkenden Hotels.

An der Rezeption wies Sina sich aus und erklärte, dass Christine Lorenzen sie erwartete. Die Hotelmitarbeiterin nickte. »Ja, sie hat mir schon Bescheid gesagt. Schreckliche Sache.« Sie beugte sich vor und senkte vertraulich die Stimme. »Wir haben ihr ein neues Zimmer gegeben. Verständlicherweise konnte sie nicht in dem Zimmer bleiben, das sie sich mit Herrn Rohde geteilt hatte. So ein furchtbarer Schock das alles.«

Sina runzelte die Stirn. »Heißt das, jemand hat bereits alle persönlichen Gegenstände von Herrn Rohde zusammengepackt?«

»Nein, das nicht. Wir sind jetzt außerhalb der Saison nicht ausgebucht. Ich glaube, Frau Lorenzen hat noch nicht einmal ihre eigenen Koffer vollständig gepackt. Es war ja auch schon relativ spät gestern, als sie hierher zurückkam.«

»Gut, sorgen Sie bitte dafür, dass das alte Zimmer vorerst nicht betreten und vor allem auch nicht gereinigt wird. Wahrscheinlich müssen wir uns dort kurz umsehen.«

Die Rezeptionistin nickte mit ernster Miene. »Das werde ich veranlassen. Selbstverständlich.« Sie nickte in Richtung einer blankgewienerten Holztreppe. »Zimmer vier, gleich im ersten Stock.«

Sina stieg vor Sven die Treppe hoch. Das Hotel war rustikal, aber doch hell und freundlich eingerichtet. An jeder Tür hing ein kleiner Kranz aus bunten Trockenblumen unter einer hölzernen Zahl.

Sina klopfte an die Tür mit der 4.

Eine Frau mit verquollenem Gesicht öffnete und bat sie herein. Die Einrichtung des Zimmers bestand überwiegend aus hellem Holz, an der Wand über dem Bett hing ein Aquarell, das eine idyllische Sylter Strandlandschaft zeigte.

Da es in dem Hotelzimmer nur einen Sessel gab, blieb Sina stehen und lehnte sich an den schmalen Schreibtisch. Sie bedeutete Sven mit einer Geste, sich zu setzen.

Christine Lorenzen nahm auf der Kante des zerwühlten Bettes Platz. Ihre dunklen, zu einem Bob geschnittenen Haare wirkten ungekämmt und sie trug einen seidenen Morgenmantel. Wahrscheinlich hatte sie noch nicht die Energie finden können, aufzustehen.

»Entschuldigen Sie bitte meinen Aufzug«, sagte die Kostümbildnerin. »Ich bin immer noch wie benommen. Ich fühle mich, als hätte ich die ganze Nacht keine Sekunde geschlafen, obwohl ich ein starkes Beruhigungsmittel bekommen habe.«

»Zuerst möchte ich Ihnen mein Beileid aussprechen«, begann Sina das Gespräch. »Ich kann mir gar nicht vorstellen, was für ein Schock das für Sie gewesen sein muss.«

Lorenzen nickte nur, presste die Lippen aufeinander.

»Sind Sie sicher, dass Sie schon bereit sind, sich mit uns zu unterhalten?«, fragte Sina nach.

Christine Lorenzen faltete die Hände im Schoss und nickte entschlossen. »Ja, ich will, dass Sie die Person, die das getan hat, schnellstmöglich finden.«

»Beginnen wir damit, dass Sie mir ein wenig über Ihre Beziehung zu Marc Rohde erzählen. Wie haben Sie sich denn kennengelernt?«

»Das war bei den Dreharbeiten zu einer Fernsehserie. Normalerweise arbeite ich ja am Theater, aber damals bin ich für eine Freundin eingesprungen. Die hatte sich einen Arm gebrochen und fiel kurzfristig aus. Da gerade Theaterferien waren, konnte ich für sie übernehmen. Marc hatte eine Gastrolle, er spielte nur in einer Folge mit. Wir haben öfter gescherzt, dass es wohl Schicksal war, dass wir gleichzeitig bei dieser Serie gearbeitet haben.« Christines Augen glänzten, sie schluckte hart. Die Erinnerungen schienen Gefühle in ihr hervorzurufen, die sie zu überwältigen drohten.

»Wie lange waren Sie zusammen?«, fragte Sina mit sanfter Stimme.

»Knapp zwei Jahre.«

»Haben Sie in Hamburg zusammengelebt?«

»Ja, aber erst seit Kurzem. Seit fünf Monaten.«

Sina sah zu Sven, der sich Notizen machte. Sein Handy lag mit eingeschalteter Aufnahmefunktion auf dem kleinen Beistelltisch neben dem Sessel.

»Haben Sie eine Vermutung, wer hinter den Geschehnissen des gestrigen Abends steckt?« Sina wollte die Kostümbildnerin nicht zusätzlich aufregen, indem sie von einem Tötungsdelikt oder gar Mord sprach.

Langsam und bedächtig schüttelte Christine Lorenzen den Kopf. »Nein, überhaupt nicht. Ich kann mir nicht vorstellen, dass irgendjemand Marc etwas Böses wollte.«

»Ich habe bereits erfahren, dass Sie früher schon mit dem Regisseur und dem Regieassistenten zusammengearbeitet haben«, sagte Sina.

»Ja, ich habe zwei Stücke mit den beiden gemacht. Am Scaena Theater in Hamburg. Ich habe mich sehr gefreut, dass Corbinian mich hierher mitgenommen hat. Vor allem, nachdem er Marc besetzt hatte.« Sie schluchzte auf. »Ich war so glücklich, ich dachte, das werden die perfekten sechs Monate. Zusammen arbeiten, zusammen leben.« Sie fuhr sich mit dem Handrücken über die Augen, zog ein bereits benutztes Taschentuch aus der Tasche ihres Morgenmantels und schnäuzte sich.

»Was für eine Meinung haben Sie über Corbinian Kupfer? Menschlich gesehen, meine ich.«

»Er ist sehr penibel, wenn es um seine Arbeit geht. Brennt für seine Arbeit. Aber das muss man ja eigentlich, wenn man in dem Beruf erfolgreich sein will.«

»Und das ist er? Erfolgreich, meine ich.« Sina dachte an ihre und Svens Einschätzung zurück, dass es doch ein Karriererückschritt sein musste, wenn man statt an einem großen Theater in einer Weltstadt wie Hamburg an der Sylter Bühne inszenierte.

Lorenzen zögerte, bevor sie antwortete. »Ja, durchaus. So etwas ist schwer einschätzbar. Wie genau definieren Sie Erfolg? Er verdient gutes Geld, seine Inszenierungen werden von den Kritikern gelobt.«

Schwingt da ein Aber mit? Ist Kupfer einer von der Sorte, der den Publikumsgeschmack verfehlt?

»Wie sieht es mit den Zuschauern aus? Sind die derselben Meinung wie die Kritiker?«, hakte Sina nach.

»Also vor leeren Rängen liefen seine Inszenierungen auf jeden Fall nicht«, sagte Christine.

Das war Sina zwar eigentlich immer noch zu vage, doch sie ließ es fürs Erste darauf beruhen.

Wie erfolgreich Kupfer in seiner bisherigen Karriere war, kriegen wir auch noch auf anderem Wege heraus. Wahrscheinlich ist es für unsere Ermittlungen sowieso nicht von Bedeutung.

»Wir haben alle Beteiligten, mit denen wir schon sprechen konnten, danach gefragt, wo und mit wem sie die Probenpause gestern Abend verbracht haben. Wie sieht es bei Ihnen aus? Wo haben Sie sich aufgehalten?«

»Ich bin erst in die Werkstatt gegangen, weil ich etwas Hunger hatte. In meiner Handtasche hatte ich einen Schokoriegel, den habe ich mir geholt.« Sie machte eine kurze Pause, schien nachzudenken. »Aber ich bin nicht sofort zurück ins Auditorium gegangen. Da es schon so spät war, wollte ich schon einen Teil der Vorbereitungen für den nächsten Tag erledigen. Ich überprüfte also, dass für die Generalprobe alle Kostüme bereits in der Reihenfolge, in der sie gebraucht werden, auf den Kleiderstangen hingen und entsprechend mit Schildern gekennzeichnet waren.« Sie hob eine Hand. »Für die Generalprobe hätte ich zwei Ankleidehilfen gehabt. Die sind natürlich mit dem Stück und den Kostümen noch nicht so vertraut wie ich, darum die Schilder. Als ich mich vergewissert hatte, dass alles tadellos ist, bin ich über die Bühne zurück in den Zuschauerraum gegangen. Da habe ich mich dann in die erste Reihe gesetzt und mich mit Selina unterhalten. Die saß auf der Bühne.«

Sina rief sich die Gegebenheiten im Theater ins Gedächtnis, bevor sie ihre nächste Frage stellte. »Wenn Sie von der Werkstatt auf die Bühne gegangen sind, dann heißt das, dass Sie am Requisitentisch vorbeikamen.«

Christine Lorenzen nickte.

»Haben Sie auf den Tisch gesehen? Lag der Dolch an der für ihn bestimmten Stelle?«

Die Kostümbildnerin schluckte schwer, bevor sie antwortete. »Ich habe nicht auf den Tisch geachtet. Wahrscheinlich war ich da schon damit beschäftigt, den Schokoriegel auszuwickeln.«

»Haben Sie in der Nähe des Requisitentisches oder überhaupt auf der Seitenbühne einen Ihrer Kollegen gesehen?«

»Nein, da war niemand. Da bin ich mir ganz sicher. So viele von uns waren gestern ja auch gar nicht mehr da, es war schließlich schon spät.« Sie senkte den Blick. »Ich wurde eigentlich bei den Proben nicht mehr gebraucht. Ich bin nur geblieben, weil ich mit Marc zusammen hierher zurückfahren wollte. Das haben wir immer so gemacht.«

Sina sah sich um. »Uns wurde gesagt, dass Sie das Zimmer gewechselt haben. Hätten Sie etwas dagegen, wenn wir uns in dem Zimmer, das Sie bis gestern mit Herrn Rohde bewohnt haben, etwas umsehen würden?«

Unsicher sah Christine Lorenzen die Kommissarin an. »Ist das unbedingt notwendig?«

»Es würde uns sehr weiterhelfen«, meinte Sina. »Und Sie sagten ja gerade selbst, Sie wollen uns helfen, den Täter möglichst schnell zu fassen.« Sie kam sich ein wenig schäbig vor, dass sie die Kostümbildnerin so unter Druck setzte. Doch je schneller sie die persönlichen Gegenstände des Toten durchsehen könnten, desto schneller könnte sich jemand darum kümmern, alles zusammenzupacken.

»Gut, ja dann ... Ich wäre Ihnen aber dankbar, wenn ich nicht mitkommen müsste.« Lorenzen senkte den Blick auf ihren Schoss. »Der Schlüssel liegt da neben Ihnen auf dem Schreibtisch.«

Sina sah sich um. Tatsächlich lag ein großer Schlüssel mit einem ovalen Holzanhänger auf der Tischplatte neben einer Schachtel Kleenex. »Zimmer Nummer sechs?«

»Ja, zwei Türen weiter.« Christine Lorenzen stand auf, schwankte ein wenig und hielt sich an einem der Bettpfosten fest. »Entschuldigen Sie mich bitte«, sagte sie. Sie presste sich eine Hand vor den Mund und eilte in Richtung Badezimmer.

Die Tür klappte hinter ihr zu und wenig später hörte Sina eindeutige Geräusche. Christine Lorenzen übergab sich aufs Heftigste.

Mit hochgezogener Augenbraue sah Sina ihren Kollegen an.

»Meinst du, wir sollten einen Arzt für sie rufen?« Sven klang besorgt.

Nachdenklich griff Sina nach dem Schlüssel für Zimmer sechs. »Sie sollte auf jeden Fall nicht allein sein. Ich werde der Rezeptionistin Bescheid sagen, dass sie ein Auge auf Frau Lorenzen haben soll.«

***

»Wahrscheinlich hat sie nur gezögert, weil ihr die Unordnung peinlich war«, meinte Sven, kurz nachdem er gemeinsam mit Sina das Zimmer betreten hatte, das sich Christine Lorenzen mit Marc Rohde geteilt hatte.

Tatsächlich war Zimmer sechs alles andere als aufgeräumt. Das Bett war zwar ordentlich gemacht, aber mit Kleidungsstücken übersät. Auf dem Schreibtisch türmten sich alle möglichen Gegenstände und vor dem offen stehenden Kleiderschrank lagen mehrere Kleidungsstücke und Schuhe auf dem Boden.

»Naja, wenn ich Hals über Kopf nur das Nötigste packen würde, um das Hotelzimmer zu wechseln, würde ich größeres Chaos anrichten«, sagte Sina.

Sie trat an den Schreibtisch und begann, sich eine Übersicht zu verschaffen. Ein Stapel Zeitschriften, eine zerknitterte Ausgabe des Sylter Boten vom Vortag, ein eselohriges Buch über elisabethanisches Theater, mehrere Stifte, ein Notizblock.

Bevor Sina sich den Block vornahm, zog sie zur Sicherheit Handschuhe über. Bei dem Zimmer handelte es sich zwar nicht um einen Tatort, aber man konnte schließlich nicht vorsichtig genug sein.

Der Block enthielt mehrere Seiten Notizen in einer gestochen scharfen Handschrift. Sina sah sofort, dass es sich um Anmerkungen zu einem Theaterstück handelte. Als sie den Namen Evadne entdeckte, fiel ihr wieder ein, dass dies die Rolle war, die Selina Engels übernommen hatte.

Da hat Rohde wohl seine Hausaufgaben gemacht.

Sie legte den Block zurück und zog die Schreibtischlade auf. Die hoteleigene Bibel und einige Blatt Briefpapier mit dem Logo des Hotels Inselherz. Darauf eine Packung Aspirin und ein Plastikfläschchen mit Vitamintabletten.

»Gibt der Kleiderschrank was her?«, fragte Sina ihren Kollegen.

»Nee, ich habe schon fast alle Taschen durchgeschaut. Zwanzig Cent waren das Einzige, was ich bis jetzt gefunden habe. Aber da ist ein Zimmersafe, den müssen wir uns öffnen lassen.«

Sina trat an das Bett heran. Auf beiden Seiten gab es Nachtkästchen mit Schublade. Rechts stand eine Halbliterflasche Wasser auf dem Nachttisch, daneben lagen ein Buch und eine Packung Taschentücher. Die Platte des linken Nachttisches war leer.

Welche Seite war wohl die von Marc Rohde?

Sina entschied sich für links. Als sie die Lade aufzog, sah sie sich in ihrer Vermutung bestätigt. Eine Schachtel starker Halspastillen, ein Blister Aspirin, eine Lesebrille und eine Packung Kondome.

Auf der rechten Seite fand sie eine Nagelfeile, Lippenbalsam und ein kleines Notizbuch mit rotem Einband.

Sina biss sich auf die Unterlippe. *Ist das ein Tagebuch?*

Sie wollte Christine Lorenzens Privatsphäre nicht unnötig verletzen, doch sie hatten es hier mit einem Mordfall zu tun.

»Ich nehme das Kommando von eben zurück, der Safe ist gar nicht verschlossen«, riss Svens Stimme Sina aus ihren Überlegungen.

Sie blickte zu ihrem Kollegen. »Was ist mit dem Inhalt? Was Interessantes dabei?«

»Nein, nur die Arbeitsverträge der beiden.« Sven schloss die Schranktüren. »Wahrscheinlich hatten sie alles dabei, was sie da sonst einsperren. Handys, Brieftasche und so.«

»Gut, dann wirf nur noch einen Blick ins Bad, dann sind wir hier fertig.«

Während Sven an Sina vorbei zur Badezimmertür ging, griff sie entschlossen nach dem Notizbuch.

Erleichtert sah sie, dass sie es nicht mit einem Tagebuch zu tun hatte, dem Christine Lorenzen ihre intimsten Gedanken anvertraut hatte. Vielmehr sah sie kurze Notizen, die sich auf zu erledigende Besorgungen bezogen. Viele dieser Eintragungen waren abgehakt oder durchgestrichen. Außerdem hatte Christine Ausgaben für Fahrtkosten und Restaurantbesuche notiert.

Nachdem sie sich die ersten Seiten ein wenig genauer angesehen hatte, blätterte Sina nur noch flüchtig durch das restliche Büchlein.

Ein gefaltetes Blatt Papier flatterte heraus und fiel zu Boden.

Sina bückte sich nach dem Blatt und entfaltete es. Ihre Augen weiteten sich, als sie erkannte, was sie da in der Hand hielt.

Eine ärztliche Bescheinigung.

***

Robert Voss schlenderte die Strandpromenade von Westerland entlang. Eigentlich hätte er um zwölf einen Termin mit Corbinian und dem Intendanten gehabt. Doch Weiss hatte ihm vormittags per SMS mitgeteilt, dass seine Anwesenheit nun nicht mehr erforderlich sei. Er solle sich den Tag freinehmen. Also hatte Robert die freie Zeit genutzt, um ein wenig die Insel zu erkunden.

Er lehnte sich an das weiße Gitter, das die Promenade begrenzte und sah zum Strand hinunter. Einige

Spaziergänger waren unterwegs, doch wie überlaufen es hier wohl im Sommer oft war, konnte er sich kaum vorstellen.

Auch wenn die Bewegung an der frischen Luft ihm fühlbar gutgetan hatte, so war sie doch nicht ausreichend gewesen, seine Gedanken in andere Bahnen zu lenken.

Immer noch dachte er unentwegt an das, was am Vorabend im Theater geschehen war. Wieder und wieder spulte die Szene vor seinem inneren Auge ab, wie ein Filmausschnitt in Endlosschleife.

Selina, die den Arm hob, der schreckliche Laut, den Marc von sich gab, Selinas Schrei. Der rote Fleck.

Seine Fassungslosigkeit darüber, dass jemand den Theaterdolch gegen eine tödliche Waffe ausgetauscht hatte, war ebenfalls noch so frisch wie am Abend zuvor.

Wer hat das getan und warum?

Besonders bewegte Robert auch die Frage, wer so kaltherzig sein könnte, nicht nur Marc tot sehen zu wollen, sondern auch Selina als Werkzeug für diese Tat zu benutzen.

Ich muss sie unbedingt später noch anrufen, fragen, wie es ihr geht. Vielleicht kann ich irgendetwas für sie tun.

Robert ging davon aus, dass es nicht Selina selbst gewesen war, die den Dolch vertauscht hatte. Also blieben nur Anja, Christine, Natalie oder Corbinian.

Wer von denen wollte, dass Marc stirbt? Christine? Sie war seine Freundin, eventuell sogar schwanger von ihm, wenn ich das Gespräch zwischen ihr und Selina richtig verstanden habe.

Robert rief sich eins nach dem anderen die Gesichter seiner Kollegen ins Gedächtnis. Dann versuchte er sich zu erinnern, wie jeder einzelne reagiert hatte, als Selina laut schreiend vom Bett aufgesprungen war.

Ich war zu sehr mit mir selbst beschäftigt, ich habe gar nicht mitbekommen, was die anderen gemacht haben. Als ich merkte, dass da was nicht stimmt und Selina nicht einfach nur ihren Text vergessen hat, bin ich aufgestanden und einen Schritt vorgetreten. Dann habe ich eine gefühlte Ewigkeit auf den Blutfleck gestarrt und versucht zu begreifen, was da gerade geschehen war.

Er stieß sich von dem Geländer ab und setzte seinen Weg die Promenade entlang fort. Hier standen vereinzelt Strandkörbe, in einem davon ließ er sich nieder.

Christine und Natalie saßen wie ich in der ersten Reihe, Corbinian stand linkerhand auf der Bühne, das weiß ich alles noch. Aber wo war Anja? Stand die neben ihrem Requisitentisch, war sie in der Werkstatt? Ich kann mich beim besten Willen nicht erinnern, was sie gemacht hat, nachdem sie Selina den Dolch gegeben hatte.

Robert kniff die Augen ein wenig zusammen und sah in den blauen Himmel hinauf. Christine war nach einem Schreckmoment schreiend auf die Bühne gerannt, Robert sah noch vor sich, wie sie auf den Stufen ins Stolpern geriet und fast gestürzt wäre.

Natalie ist einfach sitzen geblieben, oder? Ich selbst war erst starr vor Schreck, bin dann aber Christine gefolgt, um zu versuchen, sie zu beruhigen. Außerdem wollte ich sehen, ob man noch etwas für Marc tun kann.

Doch als Robert das Bühnenbett erreicht hatte, war für Marc längst alles zu spät gewesen. Da hatte

Corbinian bereits das Smartphone in der Hand und wählte den Notruf.

Ein Schauer lief Robert den Rücken hinunter. Er erhob sich aus dem Strandkorb und schlug den Weg zurück zu seiner Wohnung ein.

Die ganze frische Luft hilft nichts. Vielleicht kann ich mich mit ein paar Drinks betäuben.

Eigentlich trank Robert so gut wie nie Alkohol. Doch der heutige Tag erschien ihm wie ein guter Tag, um das zu ändern.

***

»Warum hat sie uns nicht erzählt, dass sie schwanger ist?«

Nur unter Protest war Sven wieder in den Dienstwagen eingestiegen, wo Sina jetzt das Steuer übernommen hatte. Nachdem sie ihm von ihrer Entdeckung berichtet hatte, wollte er sofort Christine Lorenzen konfrontieren.

»Wir haben sie nicht gefragt, oder?«, sagte Sina ruhig. »Nein, im Ernst. Ich denke, sie wollte uns so etwas Privates einfach nicht anvertrauen. Sie geht davon aus, dass ihre Schwangerschaft nichts mit dem Mord an ihrem Lebensgefährten zu tun hat. Womit sie wahrscheinlich sogar recht hat.« Sina setzte den Blinker. »Außerdem habe ich das Gefühl, sie hat noch niemandem davon erzählt. In Rohdes Nachttischschublade lag eine Packung Kondome. Die hätte er ja wohl weggeworfen oder zumindest woanders verstaut, wenn er Bescheid gewusst hätte.«

»Was für ein Datum stand auf dem Testergebnis?«, fragte Sven.

»Sie hat den Test erst vor drei Tagen machen lassen. In einer Arztpraxis hier auf Sylt.« Sina bog ab und beschleunigte. »Vielleicht wollte sie Rohde nicht zwischen Tür und Angel verkünden, dass er Vater wird. Schließlich steckten beide mitten im Probenstress.«

»Oder sie wusste, dass er nicht begeistert wäre«, gab Sven zu bedenken. »Vielleicht wollte Rohde ja keine Kinder.«

»Auch eine Möglichkeit. Aber ganz ehrlich, das reicht nicht für ein Mordmotiv. Wir reden jetzt erst einmal mit allen Beteiligten und dann entscheiden wir, ob wir Lorenzen auf ihre Schwangerschaft ansprechen oder nicht.«

Sina sah nach der Uhrzeit, sie lagen gut in der Zeit für ihren Termin mit dem Intendanten der Sylter Bühne. Sie hatten ein Gespräch mit ihm in seinem Büro im Theater vereinbart.

Anschließend wollten sie sich mit Selina Engels unterhalten. Anders als Rohde, der nur als Gast engagiert gewesen war, gehörte Engels zum festen Ensemble der Sylter Bühne und lebte auf der Insel.

Sina parkte neben dem Bühneneingang. Als Sven auf den Klingelknopf drückte, ertönte nach wenigen Augenblicken ein Summen. Er zog die Tür auf und ließ Sina den Vortritt.

Direkt neben der Tür befand sich ein kleiner Tisch und ein gemütlich wirkender Sessel, in dem ein älterer Herr in korrekt wirkendem Anzug mit Krawatte saß. Vor ihm auf dem Tisch lag ein großes, aufgeschlagenes Buch.

»Sie sind die Herrschaften von der Polizei?«, erkundigte sich der Mann. »Mein Name ist Wolf Burghardt, ich bin für den Bühneneingang zuständig.« Er deutete auf das Buch. »Wenn Sie sich bitte hier eintragen würden. Nachname reicht aus, die Uhrzeit ergänze ich selbst.«

Während Sven noch ein hastiges *Haycken* mit dem bereitliegenden Kugelschreiber kritzelte, erhob sich Wolf Burghardt aus seinem Sessel. »Ich bringe Sie in das Büro von Herrn Weiss.«

»Wann haben Sie gestern Abend Feierabend gemacht?«, erkundigte Sina sich, als sie neben dem Pförtner den Gang entlang ging.

»Normalerweise bin ich ja der Letzte, der geht. Schließlich ist es meine Verantwortung, dafür zu sorgen, dass überall das Licht ausgeschaltet ist und dass alle Türen verschlossen sind. Aber als sich gestern abzeichnete, dass die Proben sehr viel länger als üblich dauern würden, kam Herr Voss zu mir und meinte, ich solle ihm die Schlüssel anvertrauen und nach Hause gehen. Diesen Vorschlag habe ich dankend angenommen.«

Sina musste über die ein wenig gestelzte Ausdrucksweise des Theatermitarbeiters schmunzeln. Zusammen mit seinem gepflegten Äußeren ergab sich der Eindruck, dass es sich bei Herrn Burghardt um ein wahres Faktotum handelte. Ein echtes Sylter Original quasi.

Die Sylter Bühne gibt es zwar noch nicht lange, aber ich könnte wetten, Herr Burghardt hatte früher schon eine ähnliche Stellung.

Sie stiegen eine Treppe hinauf und Burghardt deutete auf eine Tür. »So, da wären wir«, sagte er an Sina und Sven gewandt. Dann senkte er die Stimme. »Viel Erfolg bei Ihren Ermittlungen wünsche ich. Schreckliche Sache das.« Kopfschüttelnd ging er davon.

»Den alten Knaben bringt so schnell nichts aus der Ruhe, was?«, meinte Sven leise.

»Immer schön die Oberlippe steif halten, das ist doch hier im Norden so.« Sina hob eine Hand, um an die Tür zu klopfen, hielt jedoch inne, als sie laute Stimmen aus dem Inneren des Intendantenbüros hörte.

Sie sah zu Sven und legte einen Finger an die Lippen.

»Sie können sagen, was Sie wollen«, erklang eine Männerstimme. »Die Tragödie der Jungfrau ist abgesetzt und dabei bleibt es.«

»Aber hören Sie doch!« Diese zweite, zornig klingende Stimme gehörte eindeutig dem Regisseur Corbinian Kupfer. »Geben Sie mir nur ein paar Tage. Wir müssen nur die Rolle des Königs neu besetzen. Wenn wir Anton Jahnke ...«

»Nein.« Jetzt klang auch die andere Stimme wütend. »Ich habe Ihnen zig Mal gesagt, dass Sie Ihren Anton Jahnke nicht besetzen können. Wir können seine Gagenforderungen nicht erfüllen.«

Sina lauschte angestrengt. Aus dem Augenwinkel sah sie, dass Sven neben ihr nervös von einem Bein auf das andere trat.

»Sie waren doch von Anfang an gegen meine Inszenierung.« Kupfer brüllte so laut, dass Sina zusammenzuckte.

Sven räusperte sich. »Sina ...«

»Jaja, ist ja schon gut«, murmelte sie und hob eine Hand, um zu klopfen.

Auf ein lautes *Herein* drückte sie die Klinke hinunter. Corbinian Kupfer stürmte mit hochrotem Kopf grußlos an Sina und Sven vorbei.

Sina sah dem Regisseur kurz nach, wie er die Treppe hinunterpolterte, dann wandte sie sich dem Mann zu, der hinter einem eleganten, modernen

Schreibtisch saß.

»Gregor Weiss? Ich bin Sina Marten, das ist mein Kollege Sven Haycken. Wir hatten telefoniert.«

Der Intendant erhob sich halb von seinem Stuhl und deutete auf die beiden Besucherstühle vor seinem Schreibtisch. »Bitte setzen Sie sich doch. Entschuldigen Sie den Auftritt von Herrn Kupfer.« Er runzelte die Stirn. »Oder eher seinen Abgang.«

Sina schätzte Intendant Weiss auf Mitte fünfzig. Klare, blaue Augen blickten sie aus einem Gesicht mit kantigen Zügen an. Seine dunkelblonden Haare wiesen helle Strähnen auf, wobei nicht erkennbar war, ob es sich um das erste Grau oder von der Sommersonne gebleichte Highlights handelte, die im Laufe des Herbstes verblassen würden.

Trotz des lautstarken Streits mit seinem Starregisseur, von dem Sina und Sven soeben einen Teil belauscht hatten, wirkte Gregor Weiss ruhig und gefasst. Locker gefaltet lagen seine Hände auf der Tischplatte.

»Meinungsverschiedenheiten?«, fragte Sina und platzierte ihr Smartphone auf dem Schreibtisch.

Der Intendant seufzte. »Sagen wir so: Mir wäre es lieber gewesen, Herr Kupfer hätte ein Stück von Shakespeare für seine erste Inszenierung hier bei uns ausgewählt. Aber er bestand auf diesem eher obskuren Stück von Beaumont und Fletcher.« Er hob beide Hände. »Dummerweise habe ich mich breitschlagen lassen. Dabei rede ich nicht nur von dem tragischen Geschehen gestern Abend. Das Problem hatte ich vorher schon, denn die Ticketverkäufe liefen alles andere als gut. Bei einem bekannten Stück wie Hamlet oder Macbeth hätte das ganz anders ausgesehen.«

Sina wies den Intendanten kurz darauf hin, dass

sie das Gespräch aufzeichnen würde und schaltete die Aufnahmefunktion ihres Handys ein. »Wie geht es denn jetzt weiter hier an der Sylter Bühne? Bleibt das Theater dunkel, bis sie eine Ersatz-Inszenierung haben?«

»Ich möchte eigentlich weiter mit Herrn Kupfer arbeiten. Geplant war, dass er nach Die Tragödie der Jungfrau Pygmalion von Shaw inszeniert. Damit würde ich gerne weitermachen.« Erneut seufzte Weiss. »Ich hoffe, ich klinge nicht zu kaltherzig. Mir geht der Tod von Marc Rohde natürlich sehr nahe. Ich fühle mich im Moment hin- und hergerissen zwischen dem viel bemühten Motto *the show must go on* und dem Gefühl, dass jetzt eine Pause pietätvoller und angemessener wäre, als direkt mit den Vorbereitungen für ein anderes Stück zu beginnen.« Er deutete auf einige Papiere, die auf seinem Schreibtisch lagen. »Aber dann ist da natürlich auch der geschäftliche Aspekt. Wenn wir gar keine Vorstellungen haben, verlieren wir so viel Geld, dass dies den Fortbestand des Theaters gefährden könnte.«

»Dabei haben Sie gerade erst vor einigen Monaten eröffnet.«

Weiss nickte. »Eben. Wir sind noch ganz am Anfang. Bis ein kleines Theater wie das unsere richtig in die Gänge kommt, dauert es eine Weile. Natürlich ist Sylt ein gutes Pflaster für kulturelle Veranstaltungen. Die Insel zieht das ganze Jahr über Touristen an. Aber viele von denen kennen uns natürlich noch nicht. Wir müssen also viel mehr Geld in Werbung stecken als ein bereits etabliertes Haus investieren müsste.«

»Kommen wir zum gestrigen Abend. Sie waren ja zur Tatzeit nicht hier. Könnten Sie uns bitte erzählen, wann Sie gestern das Theater verlassen haben und wo sie sich dann den Rest des Abends aufgehalten haben«, bat Sina.

»Ich war gestern bis ungefähr 17 Uhr 30 hier in meinem Büro. Dann habe ich abgeschlossen und noch kurz bei den Proben vorbeigeschaut. Ich bat Robert Voss, heute um 12 Uhr gemeinsam mit Herrn Kupfer zu einem Gespräch in mein Büro zu kommen. Dann bin ich nach Hause gefahren. Dort habe ich den Rest des Abends verbracht. Meine Ehefrau kann Ihnen das bestätigen, falls dies nötig sein sollte.«

Sina machte sich zusätzlich zu der Audioaufnahme noch eine Notiz. »Wenn Sie sagen, Sie hätten kurz bei den Proben vorbeigeschaut, um welche Uhrzeit haben Sie dann ungefähr das Theater verlassen?«

»18 Uhr, vielleicht sogar ein wenig früher«, kam die prompte Antwort.

Zum Zeitpunkt des Mordes an Marc Rohde war der Intendant also bereits seit einigen Stunden außer Haus gewesen. Trotzdem stellte Sina ihm noch eine weitere Frage: »Haben Sie irgendetwas Ungewöhnliches bemerkt? Spannungen zwischen den Kreativen bei der Probe zum Beispiel?«

Weiss dachte kurz nach, dann schüttelte er den Kopf. »Nein, definitiv nicht. Es schien alles seinen ganz normalen Gang zu gehen.« Er verzog ein wenig das Gesicht. »Ich war allerdings nicht sonderlich angetan von der schauspielerischen Leistung, die Herr Rohde bot. Ich will in diesem Punkt ganz ehrlich sein: Es war meine Idee, ihn zu engagieren. Er hat einen bekannten Namen, die Leute kennen ihn aus dem Fernsehen. Von ihm hatte ich mir gute Kartenverkäufe versprochen.«

»Marc Rohde als Zugpferd, um die Sylter Bühne

bekannter zu machen?«, hakte Sina nach.

»So in etwa. Aber nicht nur, dass die Nachfrage nach Eintrittskarten bis jetzt eher bescheiden war, was er da auf der Bühne lieferte ...« Weiss schüttelte den Kopf. »Man merkte einfach, der Mann kommt nicht vom Theater. Es ist eben doch ein Unterschied, ob jemand hauptsächlich vor der Kamera arbeitet oder auf der Bühne.«

Sina schaltete ihr Smartphone aus und bedankte sich. »Falls wir noch Fragen an Sie haben sollten, melden wir uns.«

***

Selina Engels lebte in einer Wohnung in Westerland, die auf Sina jedoch den Eindruck machte, als sei die Schauspielerin nur auf der Durchreise. Die Wände waren kahl, keine Bilder, Poster oder Fotos verliehen dem Wohnzimmer eine persönliche Note. Die Einrichtung aus Couchgarnitur, Flachbild-TV und Sideboard wirkte wie direkt aus einem Möbelkatalog.

In einem der Sessel dieser beigen Couchgarnitur saß Sina nun Selina Engels gegenüber. Zu Beginn des Gespräches erkundigte die Kommissarin sich nach Engels' Befinden.

»Der ganz große Schock ist ein wenig abgeklungen, aber ich laufe immer noch wie ein Zombie durch die Gegend«, kam die Antwort mit leiser Stimme. »Ich stehe auf, weil ich mir einen Tee machen will, gehe in die Küche und weiß nicht mehr, was ich eigentlich dort wollte. Ständig ertappte ich mich dabei, wie ich minutenlang ins Leere starre. Außerdem kann ich an gar nichts anderes mehr denken. Ständig sehe ich diesen roten Fleck vor meinem inneren Auge.«

Die Schauspielerin bedeckte ihre Augen mit einer Hand.

Anders als Christine Lorenzen hatte es Selina Engels aber immerhin geschafft, sich anzuziehen und ihre rotblonden Haare zwar nicht zu stylen, aber doch immerhin zu kämmen und zu einem kurzen Pferdeschwanz zusammenzufassen.

Ihr blasses, sommersprossiges Gesicht war jedoch komplett ungeschminkt, wirkte in seiner Farblosigkeit verletzlich.

»Bitte sagen Sie mir Bescheid, wenn diese Befragung zu viel für sie wird«, sagte Sina. »Dann brechen wir sofort ab und setzen unser Gespräch ein andermal fort.«

Engels nickte. »Vielen Dank. Aber ich möchte es möglichst heute hinter mich bringen.«

»Haben Sie jemanden, der Ihnen beisteht? Partner, Freundin?«

Selina Engels lächelte schwach. »Eine gute Freundin hat bei mir übernachtet. Sie ist jetzt bei der Arbeit, kommt aber heute Abend wieder. Sie hilft mir sehr.«

»Ich würde gerne damit beginnen, dass Sie mir ein wenig über Marc Rohde erzählen. Wie lief die Zusammenarbeit mit ihm, wie war Ihr persönlicher Eindruck von ihm als Mensch?«

»Puh, das ist gleich zu Beginn eine Frage, auf die mir die Antwort schwerfällt.« Engels biss sich auf die Unterlippe. »Man soll ja nicht schlecht über Tote reden.«

»Tun Sie sich bitte keinen Zwang an«, sagte Sina. »Ich will Ihre ganz ehrliche Meinung hören.«

Die Schauspielerin schlug die Beine übereinander. »Ich konnte ihn nicht ausstehen.« Sie holte tief Luft.

»So, jetzt ist es raus.«

Sina lächelte ihr aufmunternd zu. »Persönlich, beruflich oder in jeder Hinsicht?«

»In jeder Hinsicht. Fangen wir mit dem leichteren Thema an: beruflich. Er war einfach nicht sonderlich gut. Corbinian musste ihn ständig ermahnen, sich zurückzunehmen. Er war so ein richtiger Schmierenkomödiant, leise Zwischentöne gab es bei Marc nicht. Wenn er in einer Szene mitspielte, musste er der Mittelpunkt sein. Es ist extrem anstrengend, mit so jemandem zu arbeiten.«

Sina nickte. »Das kann ich mir vorstellen. Und persönlich?«

Selina blies sich eine Haarsträhne, die sich gelöst hatte, aus der Stirn. »Furchtbarer Typ. Nur am Baggern. Christine hat mir so leidgetan. Von Anfang an. Ich meine, er hat diese entzückende, liebe Freundin, die ist auch noch mit ihm hier auf Sylt und arbeitet am selben Theater, aber er kann seine Griffel nicht bei sich behalten.« Sie stutzte. »Entschuldigung, ich meinte natürlich konnte ...«

»Erzählen Sie weiter«, bat Sina.

»Vorgestern bei den Proben hatte ich einen schwarzen Fusel auf meinem weißen Kostüm.« Engels wedelte mit einer Hand vor ihrem Oberkörper herum. »In Brusthöhe.« Sie kniff die Augen zusammen. »Kommt dieser Typ an, sagt gespielt locker *du hast da was* und will direkt zugreifen. Ich konnte ihm gerade noch ausweichen.«

Sina wurde hellhörig. *Seine Freundin ist schwanger und er hat vor ihrer Nase mit anderen Frauen geflirtet. Das könnte ein Motiv sein.*

Doch Selina Engels war noch nicht fertig. »Ich habe ihm natürlich kräftig Kontra gegeben und habe ihm sehr deutlich gemacht, dass ich von ihm nichts wissen will.« Sie schwieg kurz, biss sich wieder auf die Lippe. »Ich will jetzt keine Gerüchte in die Welt setzen, aber ich hatte das Gefühl, Anja, unsere Requisiteurin, war da nicht so abweisend.«

Sina merkte auf, das klang interessant, da musste sie nachfragen. »Haben Sie dafür konkrete Anhaltspunkte oder sagt Ihnen das Ihr Bauchgefühl?«

Selina Engels legte den Kopf schräg. »Wenn er bei ihr einen seiner zweideutigen Witze gerissen oder einen blöden Anmachspruch losgelassen hat, hat sie gekichert und ist darauf eingegangen. Und ...« Sie machte eine kurze Pause, schien nachzudenken. »Ja, und gestern, als Corbinian die Pause angesagt hat, nach der ...« Sie schluckte. »Sie wissen schon, die letzte Pause gestern Abend ... Also da stand Marc erst noch kurz auf der Bühne und hat dann ganz laut verkündet, dass er aufs Klo geht.« Sie verdrehte die Augen. »Einfach nur geschmacklos und pennälerhaft.« Sie hielt erneut kurz inne. »Auf jeden Fall stolzierte er dann von der Bühne und gefühlte zwei Sekunden später verließ auch Anja die Bühne ... in die gleiche Richtung.«

Gebannt sah Sina die Schauspielerin an. »Haben Sie auch gesehen, wie die beiden wiederkamen?«

Selina schüttelte den Kopf. »Darauf habe ich nicht geachtet. Wie gesagt, ich weiß nicht, ob das etwas zu bedeuten hat, aber ich hatte sofort in dem Moment, in dem ich gesehen habe, wie die beiden so kurz nacheinander verschwunden sind, dieses Gefühl ... nennen Sie es weibliche Intuition.«

»Wo haben Sie selbst die Pause verbracht?«

»Ich war tatsächlich die Einzige, die einfach im Bühnenraum blieb. Erst saß ich eine Weile am Bühnenrand, dann, als Christine wiederkam, stellte ich mich zu ihr in die erste Reihe.«

»Nachdem der Regisseur verkündet hatte, dass es eine Pause gibt, haben also alle außer Ihnen die Bühne beziehungsweise den Zuschauerraum verlassen?«

»Ja, ich kann mich so genau daran erinnern, weil es plötzlich so herrlich ruhig war. So ein leeres Theater am Abend, draußen heulte der Sturm, der aber im Auditorium so gut wie gar nicht zu hören war, das war eine ganz besondere Atmosphäre.« Selina wirkte fast ein wenig versonnen, als sie an diesen Moment zurückdachte. »Ich habe mich dann an den Bühnenrand gesetzt, mit Blick auf die leeren Sitzreihen und bin noch einmal für mich meinen Text durchgegangen. In der besagten Szene habe ich nämlich sehr viel Text.«

»War Christine Lorenzen dann die Erste, die zurückkam?«

»Ja. Nachdem wir uns eine Weile unterhalten hatten, kamen auch Natalie und Robert, aber ich habe nicht auf sie geachtet, ich war zu sehr in das Gespräch mit Christine vertieft.« Sie schürzte die Lippen. »Ja, Robert und Natalie, die saßen bei uns in der Nähe. Aber ich glaube, die kamen nicht gleichzeitig wieder. Das heißt, warten Sie: Natalie saß gar nicht, die stand. Mit dem Rücken gegen die Bühne gelehnt. Was die anderen angeht, muss ich leider passen.«

Sina sah auf den Notizblock, den sie auf dem Schoß hielt. »Eine letzte Frage habe ich noch. Sie waren also in dieser Pause nicht in der Nähe des Requisitentisches?«

»Nein. Der steht ja etliche Meter seitlich vom Bühnenbett. Als ich dann am Bühnenrand saß, befand er sich in meinem Rücken. Selbst wenn ich über

den, wer ihn so gehasst haben könnte, dass er oder sie ihn tot sehen wollte.

Kapitel drei

Nach einer Nacht, in der sie acht Stunden tiefen und traumlosen Schlaf gefunden hatte, fühlte Sina sich frisch und gestärkt. Bereit, nach einer großen Tasse Kaffee den neuen Tag voller Elan zu beginnen.

Während der Kaffee durchlief, schrieb sie Jan eine Nachricht.

Vermiss dich, kam seine Antwort nach einigen Minuten.

Sina legte das Buttermesser, mit dem sie gerade ihren Toast bestreichen wollte, zur Seite und antwortete.

Ich dich auch. Will dir nicht zu viel versprechen, aber hast du heute Abend Zeit? Falls es irgend geht, mach ich früh Schluss, dann könnten wir uns treffen.

Während Sina ihren Kaffee trank und zwei Scheiben Toast mit Marmelade aß, tauschte sie noch einige Nachrichten mit Jan aus. Sie verblieben so, dass Sina sich auf jeden Fall gegen fünf Uhr nachmittags bei ihrem Freund melden würde.

Ich hoff, es klappt, schrieb er.

Ich auch.

Sina trank den letzten Schluck Kaffee, dann räumte sie den Tisch ab und machte sich auf den Weg zur Arbeit.

Im Polizeirevier angekommen, verschaffte sie sich zunächst einen Überblick darüber, was es seit dem Vorabend für Vorkommnisse gegeben hatte. Außer einem Fahrraddiebstahl und zwei randalierenden Betrunkenen in der Fußgängerzone von Westerland, die jedoch schnell in ihre Schranken gewiesen worden waren, war nichts vorgefallen.

Dann bat Sina Sven zu einer kurzen Besprechung

in ihr Büro, um das weitere Vorgehen zu besprechen. Dabei diskutierten sie auch die Frage, ob es Sinn machte, eine Durchsuchung des Theaters zu veranlassen.

Sven bestätigte Sina in ihrer Meinung, dass dies höchstwahrscheinlich reine Zeitverschwendung wäre.

»Selbst wenn wir den Requisitendolch finden, wird uns das nicht zum Täter führen. Aus genau den Gründen, die du mir gerade aufgezählt hast.«

»Das heißt also, wir konzentrieren uns jetzt voll darauf, Marc Rohdes Hintergrund zu durchleuchten. Wir müssen uns zur Sicherheit auch ansehen, ob es in seiner Vergangenheit irgendwelche Menschen gibt, die ein Motiv für den Mord an ihm haben.«

»Ich muss allerdings sagen, dass ich es eher für unwahrscheinlich halte, dass sich ein Fremder ins Theater geschlichen hat, ohne dass ihn jemand bemerkt hat«, sagte Sven. »Außerdem hätte ein Fremder auch gar nicht gewusst, wo der Requisitendolch in einer Pause aufbewahrt wird oder auch wie dieser überhaupt aussieht. Schließlich sah der echte Dolch exakt so aus wie das Requisit. Den muss der Täter sich doch irgendwo besorgt haben. Wahrscheinlich als Spezialanfertigung.« Er schnippte mit den Fingern. »Vielleicht können wir das nachverfolgen?«

Sina war skeptisch. »Wie wollen wir das machen? Unternehmen oder Personen, die Dolche nach Maß anfertigen, stehen kaum in den Gelben Seiten.«

»Das natürlich nicht. Vielleicht, indem wir die Medien einschalten?«

Sina sah Sven entsetzt an. »Ein Foto der Mordwaffe an die Öffentlichkeit geben? Ist das nicht ...« Sie brach ab. Sie wusste, dass dies natürlich regelmäßig gemacht wurde. Schließlich hatte sie schon als Jugendliche regelmäßig *Aktenzeichen XY ungelöst* im Fernsehen geschaut. Doch selbst hatte sie noch nie an einem Fall gearbeitet, bei dem ein solches Vorgehen nötig gewesen wäre. Darum schreckte sie vor diesem Schritt instinktiv zurück.

»Du hast recht«, meinte sie. »Aber ich glaube, dafür wäre es noch zu früh. Wir behalten das im Hinterkopf, konzentrieren uns aber zunächst auf die Aufgaben, die wir jetzt sofort ohne Hilfe der Öffentlichkeit erledigen können.« Sie sah auf ihre Notizen.

»Wir müssen uns nicht nur ein möglichst genaues Bild von Marc Rohde und seinem Umfeld machen, sondern auch noch Robert Voss, Anja Jörden und Natalie Drewes ausführlich befragen. Mit Corbinian Kupfer haben wir auch noch nicht eingehend gesprochen, aber das kann bis morgen warten.« Sie tippte mit dem Kugelschreiber auf ihren Schreibblock. »Ich würde gerne mit Anja Jörden beginnen. Falls Selina recht hatte, dass sie Rohdes Annäherungsversuchen nicht abgeneigt war, könnte darin der Grund für den Mord an Rohde liegen.«

»Soll ich Frau Jörden anrufen und einen Termin vereinbaren? Oder fahren wir direkt zu ihr?«, fragte Sven.

Sina dachte kurz nach. »Die Frage ist, ob sie überhaupt daheim ist oder im Theater. Wir wissen nicht, wie dort der Stand der Dinge ist. Wird ein neues Stück geprobt? Nimmt der Intendant eine andere Produktion wieder in den Spielplan? Er schien ja gestern sehr darauf bedacht, dass die Show weitergeht.«

Sven runzelte die Stirn. »Das stimmt. Außerdem hat sie als Requisiteurin wahrscheinlich sogar dann genug Arbeit, wenn gerade keine Proben oder Vorstellungen stattfinden. Vielleicht muss sie irgendwelche Requisiten anfertigen, bestellen oder Entwürfe erstellen.«

Sina stand auf. »Weißt du was? Wir fahren am besten einfach direkt ins Theater.« Sie deutete auf ihren Notizblock. »Wenn wir anschließend zu Anja Jörden nach Hause fahren müssen, ist das auch nicht tragisch, das Theater liegt auf dem Weg zu ihr.«

***

Als Sven auf den Parkplatz hinter dem Theater fuhr, sah Sina, dass ihre Annahme, dass der Theaterbetrieb weiterging, wohl richtig gewesen war.

Wahrscheinlich kann zwar von geregeltem Betrieb keine Rede sein, aber der Anzahl der hier geparkten Wagen nach sind offensichtlich alle Mitarbeiter zur Arbeit erschienen.

Am Bühneneingang begrüßte sie Wolf Burghardt, der auch heute wieder überaus korrekt gekleidet war und durch seine geschliffenen Umgangsformen auffiel.

»Es finden heute keine Proben statt, aber in der Werkstatt wird gearbeitet«, informierte er Sina und Sven. Er trug sorgfältig die Uhrzeit in das Anwesenheitsbuch ein und bat Sina und Sven um ihre Unterschrift.

Als Sina ihren Namen in die dafür vorgesehene Zeile kritzelte, überflog sie die Namen, die bereits eingetragen waren. »Ich sehe, dass der Intendant, Robert Voss und Anja Jörden anwesend sind, Corbinian Kupfer, Selina Engels, Christine Lorenzen und Natalie Drewes jedoch nicht.« Sie sah Burghardt fragend an.

»Frau Engels und Frau Lorenzen sind offiziell

krankgeschrieben«, antwortete der Pförtner des Theaters mit leiser Stimme. »Warum Herr Kupfer und Frau Drewes nicht hier sind, weiß ich allerdings nicht. Herr Weiss hat heute für elf Uhr eine Besprechung angesetzt, in der diskutiert werden soll, wie es weitergeht. Dabei sollten alle Beteiligten anwesend sein.« Er sah mit übertriebener Geste auf seine Armbanduhr. »Diese Besprechung beginnt in einer halben Stunde, da würde ich doch erwarten, dass sich mittlerweile alle im Theater eingefunden hätten.«

»Wahrscheinlich kommen die beiden jeden Moment«, sagte Sina und legte den Kugelschreiber, mit dem sie sich eingetragen hatte, neben das Buch.

Gemeinsam mit Sven ging sie den Gang entlang bis zur Werkstatt. Statt der emsigen Betriebsamkeit, die sie von einer Theaterwerkstatt erwartet hätte, saßen jedoch nur einige wenige Mitarbeiter an ihren jeweiligen Arbeitstischen.

Sie entdeckte Anja Jörden an dem großen Tisch, der die Mitte des Raumes einnahm. Die Requisiteurin war aber ganz offensichtlich nicht mit der Planung oder Vorbereitung eines neuen Bühnenstückes beschäftigt, sondern blätterte in einer Zeitschrift.

Eindeutig keine Fachzeitschrift, sieht mehr nach einem Lifestyle-Magazin aus, dachte Sina, als sie auf Anja Jörden zuging.

Als die Requisiteurin Sina und Sven bemerkte, schlug sie die Zeitschrift zu. »Mehr Fragen?«

Sina zog sich einen Stuhl heran und setzte sich. Sie wartete kurz, bis auch Sven Platz genommen hatte, dann legte sie ihr Smartphone auf den Tisch. »Sie kennen das Prozedere ja bereits.«

Jörden verdrehte die Augen. »Jaja, zeichnen Sie unsere Unterhaltung ruhig auf.«

»Heute interessieren wir uns vor allem für die Person Marc Rohde«, begann Sina. »Bitte erzählen Sie uns doch, was Sie ganz persönlich für einen Eindruck von ihm hatten.«

Anja Jörden wirkte ein wenig verunsichert. »Eindruck? Wie meinen Sie das? Von ihm als Schauspieler?«

»Damit können wir gerne anfangen«, sagte Sina nickend. Die unangenehmeren Fragen nach einer möglichen Affäre zwischen der Requisiteurin und dem ermordeten Schauspieler hob sie sich für später auf.

Nicht dass sie gleich dicht macht und dann erfahren wir am Ende gar nichts.

»Also, er war ja in dieser Serie, da war er sehr erfolgreich. Wobei ich die nicht wirklich verfolgt habe, also die Serie. Aber man liest ja immer mal wieder irgendwelche Schlagzeilen, so im Vorübergehen, und daher kannte ich seinen Namen.«

Sina deutete auf das Magazin, in dem Anja Jörden geblättert hatte. »Sie meinen, Sie haben über ihn in Zeitschriften gelesen? Ging es da nur um seine Karriere oder wurden da auch privatere Einblicke gewährt?«

Jörden runzelte die Stirn. »Nein, so meinte ich das nicht. Mehr so, dass man im Internet ja immer wieder irgendwelche Schlagzeilen sieht. Ich habe mich nie mit ihm beschäftigt, das hat mich nicht interessiert. Das war ja eine Krimiserie, in der er da mitgespielt hat. Das ist nicht meins.«

Sie hat sich also nie mit Marc Rohde beschäftigt. Hat sich das geändert, als sie ihn persönlich kennenlernte?

»Als er hier ans Theater engagiert wurde, kannten

Sie ihn also nur dem Namen nach?«

Anja Jörden nickte. »Genau. Okay, klar, sein Gesicht hatte ich natürlich auch schon mal gesehen. Es war aber nicht so, als sei da jetzt plötzlich der super bekannte Schauspieler mit im Raum, den jeder kennt.« Sie lachte auf. »Er ist ja nicht gerade Brad Pitt.«

»Wie hat sich denn die Zusammenarbeit mit Rohde gestaltet?«, wollte Sina wissen.

»Zunächst habe ich ihn nur bei Teambesprechungen gesehen. Ich hatte vor allem mit Corbinian Kupfer und Robert Voss zu tun. Schauspieler haben schließlich bei der Auswahl und Gestaltung der Requisiten nichts mitzureden.«

Das ist ein guter Punkt, da kann ich nachhaken, dachte Sina.

»Als Requisiteurin waren Sie ja auch für den Dolch verantwortlich. Sie hatten mir bereits erzählt, wo Sie diesen gekauft haben. Wie sieht dazu die Vorgeschichte aus, wie muss ich mir das vorstellen? Haben Sie dem Regisseur Vorschläge unterbreitet, hatte er genaue Vorstellungen, wie dieser Dolch auszusehen hatte oder hat er Ihnen da vollkommen freie Hand gelassen?«

Anja überlegte kurz, bevor sie antwortete. »Ich bin mit Corbinian und Robert das gesamte Buch durchgegangen. Wir haben Szene für Szene besprochen und festgelegt, welche Requisiten jeweils benötigt werden. Dabei habe ich eine Liste angefertigt. Oft ist es ja bei Inszenierungen klassischer Stücke so, dass der Regisseur einen modernen Touch wünscht. Das war hier nicht so. Corbinian wollte, dass Bühnenbild, Kostüme, Maske und Requisiten ganz klassisch gehalten sind. Also habe ich mich daran gemacht, die elisabethanische Zeit, aus der das Stück stammt, zu erforschen. Dann habe ich für die herzustellenden Requisiten Entwürfe angefertigt, die ich mit Corbinian und Robert besprach.«

»Und wie sah das mit Requisiten aus, die Sie eben nicht selbst hergestellt haben?«

»Das waren neben dem Dolch nur einige Trinkgefäße und Teller«, sagte Anja. »Da habe ich online gesucht und Fotos abgespeichert, die mir geeignet erschienen.« Sie nickte. »Sobald alles geklärt war, habe ich diese Requisiten bestellt oder mit deren Anfertigung begonnen. Ich habe noch zwei Mitarbeiter. Aber die sind natürlich nicht festangestellt, sondern arbeiten nur dann für die Sylter Bühne, wenn sie gerade gebraucht werden.«

»Hatten Sie für den Dolch verschiedene Vorschläge oder nur den einen, der dann akzeptiert wurde?«

»Ja, das war tatsächlich schnell und unkompliziert. Ich hatte schon befürchtet, ich müsste einen Dolch anfertigen lassen, aber Corbinian hat gleich das erste Foto, das ich ihm zeigte, abgenickt.« Sie lachte kurz und trocken auf. »Glauben Sie mir, bei einigen anderen Requisiten war er nicht so schnell überzeugt. Das war teilweise harte Arbeit, ihn zufriedenzustellen.«

»Sie sprachen gerade davon, dass Sie fürchteten, den Dolch anfertigen lassen zu müssen. Wer hätte das erledigt, falls es dazu gekommen wäre?«

»Das Unternehmen, bei dem ich den Dolch bestellte, nimmt zwar selbst keine Spezialanfertigungen vor. Doch sie arbeiten mit verschiedenen Herstellern zusammen, da hätten sie mir jemanden empfehlen können. Das hatte ich bei früheren Produktionen schon so gehandhabt.«

Sina warf Sven einen Blick zu. Der nickte ihr zu und machte sich eine Notiz.

Sina wandte sich wieder Anja Jörden zu. »Nach Probenende, wo genau verwahren Sie da die Requisiten? Sie hatten mir ja schon gesagt, dass Sie diese nicht auf dem Tisch auf der Seitenbühne liegen lassen, sondern hierher in die Werkstatt bringen.«

Die Requisiteurin nickte. »Doch, teilweise lasse ich die Requisiten schon liegen. Vorgestern war eine Ausnahme, weil eben die Generalprobe anstand. Wertvolle Gegenstände oder nachgebildete Waffen wie den Dolch räume ich aber natürlich immer über Nacht weg.« Sie deutete auf einen großen Schrank. »Die werden dort eingeschlossen.«

Sina stand auf und trat an den Schrank. Sowohl der Schrank selbst als auch das Schloss wirkten stabil, Sina wusste jedoch nur zu gut, dass es mit dem richtigen Werkzeug ein Leichtes wäre, diesen Schrank zu öffnen.

Ein entschlossener Dieb mit Brechstange oder einem großen Schraubenzieher hätte diese Schranktür in wenigen Sekunden geöffnet. Wenn man jedoch darauf bedacht ist, dass niemand bemerkt, dass der Schrank unbefugt geöffnet wurde, kommt man natürlich mit einem Brecheisen nicht weit, dann muss man das Schloss knacken, ohne Schäden anzurichten.

Sina beugte sich vor und besah sich das Schranktürschloss aus nächster Nähe. Keine Kratzer, nichts deutete darauf hin, dass sich jemand, der keinen Schlüssel besaß, Zugang zum Inhalt des Requisitenschrankes verschafft hätte.

Nachdenklich setzte Sina sich wieder. »Eine letzte Frage noch: Wer außer Ihnen, Corbinian Kupfer und

Robert Voss wusste, wo Sie den Requisitendolch bestellt haben?«

Anja zuckte die Schultern. »Jeder, der sich die Mühe gemacht hat, das Produktionsbuch zu lesen. Darauf hat jeder Theatermitarbeiter Zugriff. In diesem Buch wird alles notiert, was mit einer Inszenierung zu tun hat.«

Das bedeutet also, jeder hätte sich von der Website des Requisitenhandels ein Foto des Dolches herunterladen und dann ein Replikat anfertigen lassen können. Das verkleinert den Kreis der Verdächtigen leider nicht.

Sina blickte auf ihre Notizen, um ihre Gedanken zu ordnen. Sie war weit von dem Thema abgekommen, das sie zuerst angesprochen hatte.

»Zurück zu Marc Rohde«, sagte sie. »Als die Vorbereitungen abgeschlossen waren und die Proben begannen, hatten Sie da mehr mit ihm zu tun?«

Anja hob eine Hand. »Die Proben hatten natürlich bereits begonnen, bevor wir hier alle Requisiten parat hatten. Das läuft zunächst parallel. Die Schauspieler arbeiten mit dem Regisseur und dem Dramaturgen am Text. Gleichzeitig wird festgelegt, wie die Ausstattung auszusehen hat. Es wurde also schon geprobt, bevor Kostüme, Requisiten und so weiter fertig waren.« Sie hob die Schultern. »Da hat Selina dann halt einfach so getan, als hielte sie einen Dolch in der Hand.«

Diese genaue Beschreibung der Arbeitsabläufe am Theater interessierte Sina natürlich wenig. Sie wollte wissen, wie Anja persönlich zu Marc Rohde gestanden hatte.

Da wird mir wohl nichts anderes übrigbleiben, als extrem direkt zu werden.

»Ist Ihnen bewusst, dass es Gerüchte über Sie und Marc Rohde gibt? Es heißt, Sie beide seien sich während der Proben nähergekommen.«

Anja Jörden starrte Sina an. Sie wirkte ein wenig wie ein Cartoon-Charakter, dem die Kinnlade auf die Brust gefallen war. »Wer sagt denn so etwas?«

»Das tut nichts zur Sache«, meinte Sina. »Ich bin nur an Ihrer ehrlichen Antwort interessiert. Ich möchte Sie an dieser Stelle auch daran erinnern, dass wir hier in einem Mord ermitteln. Also?«

Die Requisiteurin atmete tief durch. »Ja, schon gut. Es stimmt. Da lief was zwischen uns. Aber das war natürlich nichts Ernstes, schließlich ist, war Marc ja fest liiert.« Sie verzog ein wenig abfällig den Mund. »Mit unserer Kostümbildnerin, Christine. Aber das wissen Sie ja sicher.«

Und ob ich das weiß. Ich weiß vor allem auch, dass Christine Lorenzen schwanger ist.

Sina überlegte, wie sie herausfinden konnte, ob Anja über dieses pikante Detail informiert war.

Sicher hat sie keine Ahnung. Es sieht ja auch ganz so aus, als hätte Rohde selbst nicht gewusst, dass er Vater wird.

»Nichts Ernstes, sagen Sie. Haben Sie das beide so gesehen?«

Anja Jörden sah kurz zur Seite. »Also ich auf jeden Fall. Marc hatte allerdings in den letzten Tagen angefangen, sich ständig über Christine und ihre Anhänglichkeit zu beschweren. Ganz ehrlich, das hat mir ein wenig Angst gemacht.« Sie sah Sina direkt in die Augen. »Eine feste Beziehung mit so einem abgewrackten Schauspieler wäre das Letzte, was ich will. Mir war das ganz recht, dass er mit jemandem zusammen war. Da dachte ich, der will nicht mehr von mir.«

Sina zog eine Augenbraue hoch. *Ungewöhnlich, sonst läuft es doch eher andersherum.*

»Inwieweit hat Rohde sich über seine Freundin beschwert?«

»Er sagte, Christine würde klammern, er könne kaum etwas unternehmen, ohne dass sie unbedingt dabei sein wollte. Außerdem rede sie in letzter Zeit ständig vom Heiraten. Sie hoffte wohl auf einen Antrag.«

»Wenn Frau Lorenzen so anhänglich war, wie hat Herr Rohde es denn dann geschafft, sich mit Ihnen zu treffen?«

Die Requisiteurin wurde rot. »Es ist ja nicht so, dass wir groß ausgegangen wären oder ganze Nächte miteinander verbracht hätten. Wir haben uns einige Male hier im Theater ... nun, wie soll ich sagen: kurz zurückgezogen. Einige Male war Marc auch bei mir daheim, da hatte er Christine erzählt, er hätte eine Besprechung mit Corbinian.«

»Wie lange lief das so?«, wollte Sina wissen.

»Die letzten zwei Wochen. Davor hatte er schon heftig gebaggert, aber ich glaube, das war bei Marc der Normalzustand. Ich sehe ja, dass er fast jede Frau, die hier rumläuft, anmacht. Selina hat ihn einmal vor versammelter Mannschaft fertig gemacht deswegen. Die war total angenervt von ihm und seiner Art. War dem Betriebsklima nicht gerade zuträglich.« Anja hielt inne und kniff ein wenig die Augen zusammen. »Die Einzige, die er absolut in Ruhe gelassen hat, war ja Nati. Die war wohl nicht sein Typ, zu sehr graue Maus. Haben Sie mit der eigentlich schon geredet?« Sie sah sich um. »Die ist nämlich bis jetzt nicht zur Arbeit erschienen. Wir machen uns alle schon Sorgen deswegen.«

»Mit Nati meinen Sie Natalie Drewes, die Dramaturgin?«, versicherte Sina sich.

»Ganz genau die.« Anja beugte sich ein wenig vor und senkte vertraulich die Stimme. »Wenn Sie mich fragen, war die nämlich in Marc verschossen. Aber der war wie gesagt nicht interessiert.«

Sie richtete sich wieder auf und sah Sina triumphierend an. »Zurückweisung könnte doch ein Motiv sein, oder?«

Sina nickte nachdenklich, dann bedankte sie sich bei Anja Jörden und verließ mit Sven die Werkstatt. Auf dem Gang sah sie ihren Kollegen an.

»Was hast du für einen Eindruck von Anja Jörden? Und was denkst du über diese Andeutung bezüglich Natalie Drewes?«

Sven zog den Autoschlüssel aus der Hosentasche und hielt ihn hoch. »Ich denke, dass wir am besten direkt zu Natalie Drewes nach Hause fahren und mit ihr reden.«

***

Robert saß neben Gregor Weiss an dem großen Tisch in der Theaterwerkstatt. Die vom Intendanten einberufene Besprechung mit allen Mitarbeitern sollte hier stattfinden, da in Weiss' Büro nicht genug Platz für alle Beteiligten war.

Wo zum Teufel steckt Corbinian? Und was ist mit Natalie? Warum ist die nicht da?

Als Robert ins Theater gekommen war, hatte er eigentlich zuallererst mit Natalie Drewes sprechen wollen. Nachdem der Intendant am Vortag seine Entscheidung verkündet hatte, dass mit den Proben für Pygmalion zu beginnen sei, hatte Robert heute mit

Natalie mit der Arbeit am Text anfangen wollen.

Erst hatte er ungeduldig gewartet, dann hatte er ihre Handynummer angerufen. Doch da war nur die Mailbox rangegangen.

Er hatte dann begonnen, eine vorläufige Aufgabenliste zu erstellen. Darüber hatte er die Zeit vergessen, bis kurz vor elf die Sekretärin von Gregor Weiss in Roberts kleines Büro gekommen war, um ihn an die Besprechung zu erinnern.

»Schaffen Sie mir Kupfer her«, blaffte Weiss seine Sekretärin an.

»Ich weiß nicht, wo er ist«, gab sie zurück. »Ich habe drei Mal bei ihm angerufen, aber er hat nicht abgenommen.«

Weiss stöhnte auf. »Jetzt spielt der auch noch die Diva. Ist wahrscheinlich beleidigt, weil ich sein Herzensstück abgesetzt habe.« Er sah sich am Tisch um. »Und wo ist Natalie? Hat die sich jetzt auch krankgemeldet?«

Anja Jörden hob eine Hand. »Nein, niemand weiß, was mit Nati ist. Wir machen uns schon Sorgen um sie.«

Ungeduldig sah Weiss auf seine Armbanduhr. »Wir fangen ohne die beiden an. Ich habe keine Lust, meine Zeit mit sinnlosem Warten zu verschwenden.«

Robert hielt sein Handy unter der Tischplatte, sodass Weiss es nicht sehen konnte, und schrieb eine Nachricht an Corbinian.

Wo steckst du? Weiss tobt. Mach, dass du herkommst.

***

Bevor sie sich auf den Weg zu Natalie Drewes gemacht hatten, hatten sie versucht, die Dramaturgin telefonisch zu erreichen. Sie war jedoch weder unter ihrer Handynummer noch an ihrem Festnetzanschluss an den Apparat gegangen.

Jetzt standen sie vor verschlossener Wohnungstür und klingelten vergeblich.

Sina legte ein Ohr an die Tür und lauschte. »Kein Mucks«, sagte sie zu Sven. »Was nun?«

»Gefahr im Verzug, wir lassen die Tür öffnen«, meinte Sven.

Sina sah ihren Kollegen skeptisch an. »Können wir wirklich Gefahr im Verzug geltend machen? Es ist ja nicht so, als hätten wir einen Schrei gehört oder einen handfesten Verdacht, dass etwas nicht stimmt.«

»Der Pförtner vom Bühneneingang hat gesagt, es sei absolut nicht ihre Art, sich nicht krankzumelden. Sie sei die Zuverlässigkeit in Person, meinte er. Das reicht mir als handfester Verdacht.«

»Okay«, sagte Sina zögerlich. »Dann ruf den Schlüsseldienst an.«

Da sie nicht vor der Tür stehend warten wollten, gingen sie zu ihrem geparkten Wagen und setzten sich hinein.

»Wir sollten auch die Fährunternehmen und den Flughafen kontaktieren. Vielleicht hat sie die Insel verlassen«, schlug Sven vor.

»Wenn sie mit dem Zug gefahren ist, kriegen wir das aber nicht raus«, sagte Sina.

»Vorschlag: du findest heraus, ob Natalie Drewes einen Wagen hat. Ich kümmere mich um die Fähren und Flieger.« Sven hatte bereits sein Smartphone gezückt und wischte über das Display.

Einige Minuten arbeiteten sie schweigend. Sina

war die Erste, die ein Ergebnis hatte. »Sie fährt einen dunkelblauen VW Polo.« Sie las das amtliche Kennzeichen vom Handydisplay ab und sah sich um. »Aber selbst wenn wir diesen Wagen nicht hier in der Nähe geparkt sehen, sagt uns das gar nichts. Sie könnte woanders parken, sie könnte Freunde oder Familie auf der Insel besuchen.«

»Ah ja, das wäre auch noch etwas. Ihre Kontakte hier auf Sylt.« Sven legte sein Smartphone auf das Armaturenbrett. »Aber damit warten wir, bis wir in der Wohnung sind. Vielleicht liegt da ja ein Adressbuch, das würde uns eine Menge Arbeit sparen.«

»Da ist der Schlosser«, sagte Sina und öffnete ihre Tür.

Der Schlüsseldienst benötigte nur wenige Minuten, um die Tür zu Natalie Drewes' Wohnung zu öffnen.

Ebenfalls nur wenige Minuten dauerte es, bis Sina und Sven festgestellt hatten, dass sich niemand in der Wohnung aufhielt.

»Meinst du, da fehlt was?« Sven stand vor der geöffneten Tür des Kleiderschrankes und musterte den Inhalt.

Sina trat zu ihm. Auf der Kleiderstange hingen nicht allzu viele Kleidungsstücke und auch die Fächer, in denen T-Shirts und Pullover gestapelt waren, waren nicht gerade überfüllt. »Ich sehe keine leeren Bügel. Sie hat wahrscheinlich einfach nicht sonderlich viele Klamotten.«

»Oder sie hat nur Unterwäsche und ein paar Shirts mitgenommen«, meinte Sven und schloss den Schrank wieder. »Dann wollen wir uns mal umsehen, ob es Hinweise darauf gibt, wo sie sein könnte.«

Sina nahm sich zuerst die Küche vor. Dort fand sie

ein schnurloses Telefon und in einer Schublade lag neben Gummibändern, Batterien, einer Schere und anderem Krimskrams tatsächlich ein kleines Adressbuch.

Während Sina noch durch die mager gesäten Einträge blätterte, kam Sven, der sich im Wohnzimmer umgesehen hatte, zu ihr in die Küche. Er hielt sein Handy hoch. »Volltreffer. Sie hat heute früh die Fähre rüber nach Havneby genommen.«

Überrascht starrte Sina ihren Kollegen an. »Ernsthaft? Die ist wirklich abgehaut?«

Sven nickte ernst. »Sieht ganz so aus. Dabei hatten wir ihr wie allen anderen Beteiligten ausdrücklich gesagt, sie solle sich zu unserer Verfügung halten.«

»Nicht nur das. Bei der Arbeit krankgemeldet hat sie sich ja auch nicht«, meinte Sina. Sie setzte sich an den Küchentisch.

Sven ließ sich ihr gegenüber nieder und legte das Handy vor sich auf den Tisch. »Also, sie hat die Biege gemacht. Was sagt uns das jetzt? Ist sie unsere Mörderin?«

Sina verschränkte die Hände unter dem Kinn. »Unerwiderte Liebe als Mordmotiv? Kann das denn wirklich sein? Ich meine, sie kannte Rohde doch erst seit einigen Wochen.«

»Das wissen wir doch gar nicht«, meinte Sven. »Wir müssen ihre Vergangenheit durchleuchten. Vielleicht kannten die beiden sich schon seit Jahren und das Motiv ist etwas ganz anderes.«

Sina nickte. »Du hast recht. Vielleicht hat Anja Jörden ja etwas falsch verstanden und Natalie war gar nicht in Rohde verliebt, sondern hegte Gefühle ganz anderer Art für ihn.«

»Gesteigertes Interesse an einer Person muss

nicht immer automatisch gleich Zuneigung bedeuten«, stimmte Sven ihr zu. »Es könnte auch genau das Gegenteil sein.«

Sina pochte mit den Fingerknöcheln auf die Tischplatte. »Dann nichts wie zurück ins Büro. Erst die Kollegen in Dänemark kontaktieren, da brauchen wir Amtshilfe. Dann alles über Natalie Drewes herausfinden.« Sie hob das gefundene Adressbuch hoch. »Das kommt mit. Vielleicht hilft uns das weiter.«

***

»Musste das denn sein, dass du Weiss so gegen dich aufbringst?« Robert stemmte verärgert die Hände in die Seiten.

»Er hat mich doch sowieso schon auf dem Kieker. Da ist es doch gerade egal, ob ich pünktlich zu seiner dämlichen Besprechung erscheine, oder nicht«, entgegnete Corbinian gleichgültig.

»Eine halbe Stunde zu spät? Du hättest genauso gut eine SMS mit dem Text *du kannst mich mal* schicken können, das hätte dieselbe Wirkung gehabt.« Robert sah Corbinian beschwörend an. »Mach es uns doch nicht noch schwerer. Irgendwie müssen wir hier die nächsten Monate noch arbeiten können.«

Corbinian sagte nichts, starrte nur stur vor sich hin.

Robert und der Regisseur standen einige Meter vom Bühneneingang entfernt. Während der gesamten Besprechung mit dem Intendanten und dem Rest des Teams hatte Corbinian kaum ein Wort gesagt. Dieses passiv-aggressive Verhalten ging Robert gegen den Strich.

»Du bist hier der Regisseur, das wird deine Inszenierung. Ich weiß, Die Tragödie der Jungfrau ist das Stück, an dem dein Herz hängt, das du unbedingt machen wolltest. Aber du kannst doch jetzt nicht alles wegwerfen.« Robert redete sich in Rage. »Jetzt machen wir eben Pygmalion. Klar, nicht ideal, aber lass uns doch das Beste draus machen.«

Er zog eine Schachtel Zigaretten aus der Jackentasche und bot sie Corbinian an. Der Regisseur schüttelte den Kopf. Robert gab sich selbst Feuer und inhalierte tief.

Dieses ganze Sylt-Engagement ist ein einziger Alptraum. Jetzt zickt auch noch Corbinian rum. So kann ich nicht arbeiten.

»Was glaubst du? Wer hat Rohde umgebracht?«, brach Corbinian das Schweigen.

Robert sah ihn von der Seite an. »Darüber habe ich mir gestern stundenlang den Kopf zerbrochen.«

»Ich auch«, meinte Corbinian. »Ohne Ergebnis.«

»Ich habe auch keine Ahnung. Ich habe hin und her überlegt. So richtig leiden konnte Rohde ja niemand. Höchstens seine Freundin. Und so wie er Christine behandelt hat, hätte sogar die ein gutes Motiv gehabt.«

»Ich traue Christine so etwas nicht zu. Sie ist doch eher der Typ, der vor sich hin leidet und nie aufmuckt.«

Robert nickte. »So ähnlich sehe ich das auch. Aber wer kann es denn gewesen sein?«

»Keiner von uns«, meinte Corbinian. »Der Bühneneingang war nicht abgeschlossen. Da hätte jeder reinkommen können.«

»Ein Fremder, der zufällig einen Dolch dabeihat, der eine exakte Nachbildung unseres Theaterdolches ist? Eher unwahrscheinlich, oder?« Robert nahm einen weiteren tiefen Zug.

Hoffentlich hat die Polizei schon Anhaltspunkte. Sehr viel länger halte ich diese Ungewissheit nicht aus.

***

Hat Natalie Drewes Rohde ihre Gefühle gestanden und er hat sie zurückgewiesen? Kann denn eine solche Kränkung wirklich Grund für einen Mord sein?

Sina saß an ihrem Schreibtisch und spielte mit einem Kugelschreiber, während sie ihren Gedanken nachhing.

Die Überprüfung von Natalie Drewes hatte nichts Auffälliges ergeben. Sie war in Bremen geboren worden, hatte in Köln studiert und dort nach Abschluss des Studiums der Theaterwissenschaften und der Germanistik auch noch zwei Jahre gearbeitet. Dann war sie an ein Theater in Flensburg gegangen und schließlich an die Sylter Bühne.

Keinerlei Verbindungen nach Hamburg. Sie hat nie dort gearbeitet oder gelebt. Sie hat auch immer nur an Theatern gearbeitet, zu Fernsehproduktionen hat sie gar keine Verbindungen. Eigentlich kann sie Rohde erst hier auf Sylt kennengelernt haben.

Sina ließ den Kugelschreiber klappernd in die Schale fallen, in der sie ihre Stifte aufbewahrte.

Wie sieht es andersrum aus? War Rohde vielleicht beruflich oder privat längere Zeit in Bremen, Köln oder Flensburg?

Noch einmal sah Sina sich ganz genau den Lebenslauf des ermordeten Schauspielers an. Nichts. Er hatte fast sein ganzes Leben in Hamburg verbracht. Nur zu Dreharbeiten war er auch an anderen Orten gewesen, jedoch nie in Köln. Von Bremen oder Flensburg ganz zu schweigen.

Sina schüttelte den Kopf und versetzte ihren Computer in den Energiesparmodus. Dann nahm sie sich das Adressbuch vor, das sie in Natalie Drewes' Wohnung gefunden hatte.

Dann ist jetzt die altmodischere Variante angesagt: Ermittlungen per Telefon.

Geduldig telefonierte Sina sich durch sämtliche Nummern, die in dem kleinen Buch eingetragen waren. Es waren nicht viele und die meisten Leute, die sie erreichte, hatten mit der Dramaturgin entweder beruflich zu tun gehabt oder waren alte Studienkollegen. Auch zwei Arztpraxen und ein Handwerker fanden sich in dem Adressverzeichnis. Doch Sina fand weder Freunde noch Familienmitglieder.

Bis sie beim Buchstaben K ankam. Dort war die Nummer einer Katja Haase verzeichnet, die sich als Freundin aus Kindertagen herausstellte. Erfreulicherweise hatte diese Freundschaft die Zeit überdauert und Haase erzählte Sina, dass sie mindestens einmal pro Woche ausführlich mit Natalie Drewes telefoniert hätte.

»Wir nennen das unsere Sonntagnachmittagspläusche.« Sie lachte ein ansteckendes Lachen.

Obwohl Sina erst seit wenigen Minuten mit Katja Haase sprach und sie dabei noch nicht einmal vor sich sah, war ihr die Frau sympathisch.

Als sie Natalies Freundin erklärte, warum sie anrief, klang deren Stimme schlagartig sehr ernst. »Das ist ja furchtbar. Sie müssen Natalie unbedingt finden. So schnell wie möglich.« Sina hörte, wie Katja Haase zischend Luft holte. »Ich fühle mich jetzt zwar schrecklich, so als würde ich Natis Vertrauen enttäuschen, aber ich glaube, ich muss Ihnen reinen Wein einschenken.«

Was kommt jetzt? Sina hielt die Luft an. Hatte sich Natalie Drewes ihrer Freundin Katja anvertraut?

»Nati hat mentale Probleme. Sie leidet unter klinischen Depressionen. Schon seit Jahren. Ja, sie ist in Behandlung, aber ich mache mir Sorgen, dass dieses traumatische Erlebnis sie so sehr verstört hat, dass sie deswegen die Flucht ergriffen hat.«

Sina massierte mit der freien Hand ihre Schläfe. »Das klingt wirklich sehr ernst. Wir werden unsere Bemühungen, sie so schnell wie möglich zu finden, verstärken. Ist so etwas denn früher schon vorgekommen? Dass Frau Drewes vor Problemen davongelaufen ist?«

Die Antwort kam ohne Zögern. »Oh ja, leider ja. Ich weiß von mindestens zwei Fällen. Einmal während des Studiums, als sie im Prüfungsstress war und sich komplett überfordert fühlte. Dann noch einmal, als sie in Flensburg am Theater gearbeitet hat. Auch da war ein Übermaß an Stress der Auslöser.« Katja Haases Stimme klang besorgt. »Da war sie mehrere Tage verschwunden, ich habe mir schreckliche Sorgen gemacht.«

Sina ließ die Hand sinken und ergriff ihren Kugelschreiber. »Meinen Sie, dass der Mord an einem Kollegen so einen Schub auslösen könnte?«

Jetzt zögerte Katja Haase mit ihrer Antwort. Dann seufzte sie leise. »Ja, allerdings. Ich fühle mich absolut schrecklich, dass ich Ihnen das einfach so am Telefon erzähle, wo es doch Natis großes Geheimnis war, aber ...«

Sina lauschte gebannt. Von was für einem Geheimnis sprach Katja Haase da?

Noch ein Seufzer drang durch den Telefonhörer. »Nati hat mit vor einigen Wochen anvertraut, dass sie sich in Marc Rohde verliebt hätte. In den höchsten Tönen hat sie von ihm geschwärmt. Beim nächsten Sonntagsplausch war sie dann am Boden zerstört, weil er sie nicht beachtete. Stundenlang haben wir telefoniert, weil sie nicht wusste, wie sie sich verhalten sollte.«

Anja hatte also recht. Bleibt nur noch die Frage, die Sven und ich uns ja schon gestellt haben, ob das ein ausreichend starkes Motiv ist.

Sina versuchte, ihrer Stimme einen möglichst vertrauenerweckenden Klang zu geben. »Frau Haase, vielen Dank, dass Sie so offen zu mir sind. Diese Informationen sind wirklich extrem hilfreich. Ich versichere Ihnen, dass ich sie vertraulich behandeln werde.« Sie holte tief Luft. »Bitte geben Sie mir alle Einzelheiten. Was genau hat Natalie Ihnen über Marc Rohde und ihre Gefühle für ihn erzählt?«

Wieder eine kurze Pause am anderen Ende der Leitung. Als Katja Haase weitersprach, kamen ihre Worte nur stockend, so als müsste sie nachdenken. Oder so als müsste sie sich überwinden, einer Fremden am Telefon die Gefühle einer guten Freundin zu offenbaren. »Also, sie hat dann auch noch mitbekommen, dass dieser Rohde ein wahrer Frauenheld war. Das hat natürlich das idealisierte Bild, das sie sich von ihm aufgebaut hatte, empfindlich gestört. Sie hat er nicht beachtet, aber mit allen anderen Kolleginnen hat er wohl auf Teufel komm raus geflirtet. Das hat sie sehr verletzt. Dazu kam, dass er ja wohl in einer festen Beziehung war. Vor ein paar Tagen, das war kein Sonntag, das war ein Anruf außer der Reihe, rief mich Nati mit tränenerstickter Stimme an und erzählte, sie sei sich ganz sicher, dass diese Freundin, ich glaube, sie heißt Christine, schwanger sei.«

Womit sie richtig lag. Da ist wohl eine Welt für sie zusammengebrochen.

»Hatte sie jemanden, mit dem sie über ihre Probleme sprechen konnte? Außer Ihnen natürlich. Ich meine professionelle Hilfe. Hatte Natalie hier auf der Insel einen Therapeuten?«

»Ja, hatte sie. Ich habe ihr auch geraten, das in der Therapie zur Sprache zu bringen. Habe ihr gesagt, sie solle das jetzt nicht in sich hineinfressen, sondern aufarbeiten.« Katja atmete hörbar aus. »Keine Ahnung, ob sie diesem Rat gefolgt ist. Das war unser letztes Telefongespräch.«

Sina starrte auf die Kringel, die sie auf ihren Notizblock gemalt hatte. All das, was sie in den letzten Minuten von Katja Haase zu hören bekommen hatte, müsste sie erst einmal ganz in Ruhe verarbeiten.

Doch eine Frage drängte sich ihr noch auf. Eine Frage, die zu stellen ihr äußerst unangenehm war.

»Frau Haase, ich habe noch eine Frage. Eine sehr heikle Frage. Bitte lassen Sie sich bei der Beantwortung gerne Zeit.« Sina schloss kurz die Augen. »Könnten Sie sich vorstellen, dass Natalie aus ihrer Verletzung heraus aggressiv reagiert? Oder ganz konkret ausgedrückt: Würden Sie Natalie einen Mord zutrauen?«

»Auf gar keinen Fall. Da muss ich überhaupt nicht nachdenken. Wenn es Nati schlecht geht, würde sie das nie an einer anderen Person auslassen. Wenn etwas Negatives in ihrem Leben geschieht, dann sucht sie den Fehler immer zuerst bei sich selbst. Deswegen habe ich auch jetzt große Angst um sie. Ich fürchte, dass sie sich etwas antun könnte.« Wieder holte Katja

Haase deutlich hörbar Luft. »Bitte finden Sie Nati«, sagte sie leise.

»Wir werden unser Bestes tun«, versprach Sina und verabschiedete sich.

Als sie den Hörer aufgelegt hatte, starrte sie einige Minuten ins Leere. Dann erweckte sie den Computer aus dem Energiesparmodus und rief ihr persönliches Memo auf den Bildschirm.

Rasch tippte sie eine Zusammenfassung aller Erkenntnisse der letzten Minuten. Wie immer kümmerte sie sich dabei nicht um perfekte Rechtschreibung oder Grammatik, es ging ihr nur darum, all ihre Gedanken niederzuschreiben.

Als sie dieses Dokument abgespeichert hatte, ging sie in Svens Büro, um sich mit ihm abzusprechen.

Vielleicht hat er ja schon Hinweise auf Natalie Drewes' Aufenthaltsort.

***

»Die dänischen Kollegen geben uns sofort Bescheid, wenn es etwas Neues gibt. Sie haben alle notwendigen Informationen und mir fest zugesagt, schnellstmöglich alle Unterkünfte auf Römö zu überprüfen, inklusive Ferienwohnungen und Campingplätzen. Auch nach dem PKW halten sie Ausschau.«

Sina saß neben Sven an dessen Schreibtisch. Auf dem Computermonitor war eine Karte der dänischen Insel Römö zu sehen. Sina, die noch nicht lange auf Sylt lebte, wusste so gut wie nichts über Römö, außer dass es eine beliebte Ferieninsel war.

»Die Insel ist auch über einen Damm mit dem Festland verbunden, sehe ich das richtig?«

»Ja, der Römödamm ist ungefähr neun Kilometer

lang und führt zum dänischen Festland. Dann sind es noch ungefähr fünf Kilometer bis zu einem Ort namens Scherrebek.«

»Gibt es eine Möglichkeit, festzustellen, ob Drewes die Insel bereits wieder über den Römödamm verlassen hat?«, fragte Sina.

Sven schüttelte den Kopf. »Es wird zwar seit einiger Zeit immer wieder darüber geredet, den Damm mautpflichtig zu machen, das ist bis jetzt allerdings noch nicht geschehen.«

Sina biss sich auf die Unterlippe. »Das heißt also, sie könnte mittlerweile schon auf dem dänischen Festland sein.«

»Sieh nicht gleich so schwarz«, sagte Sven tröstend. »Lass uns erst mal abwarten, was die Kollegen sagen. Vielleicht finden sie Natalie Drewes ja problemlos, weil sie in einem Hotel eingecheckt hat.«

»Was, wenn sie privat untergekommen ... halt, warte!« Sina sprang auf. »Ich habe ja das Adressbuch noch gar nicht ganz durchtelefoniert. Ich bin nur bis K gekommen, dann hatte ich die Freundin am Apparat, die mir die ganzen interessanten Details erzählt hat.«

»Dann lass uns mal ganz schnell nachschauen, ob sich in dem Adressbuch vielleicht Nummern mit dänischer Vorwahl finden«, meinte Sven und stand ebenfalls auf.

Sina eilte in ihr eigenes Büro zurück, wo das Adressbuch aufgeschlagen mit dem Buchrücken nach oben auf dem Schreibtisch lag.

Mit einem Post-it merkte sie die Seite ein, auf der sie war, dann blätterte sie weiter.

»Viel steht da ja nicht drin«, meinte Sven, der ihr über die Schulter sah.

»Nein, allzu viele soziale Kontakte hatte sie nicht«, sagte Sina. »Viele dieser Leute sind auch ehemalige Arbeitskollegen. Diese Katja war eigentlich die einzige Freundin, die ich bis jetzt finden konnte.«

Mit dem Finger fuhr sie die Einträge entlang, blätterte weiter. Schließlich schüttelte sie den Kopf und klappte das Büchlein zu. »Keine dänischen Telefonnummern.«

»Schade, na dann hoffen wir, dass sie dort in einem Hotel ist.«

Sina sah Sven an. »Ich weiß, dass Römö eine Ferieninsel ist, habe aber keine Ahnung, wie groß die Insel ist. Von wie vielen Hotels reden wir ungefähr?«

Sven runzelte die Stirn. »Naja, schon einige. Dazu noch Ferienwohnungen und Campingplätze, da kommt einiges zusammen.«

Sina seufzte. Sie hatte das dumpfe Gefühl, dass Natalie Drewes sich erfolgreich abgesetzt hatte. Wahrscheinlich würde es sehr lange dauern, bis sie gefunden werden konnte.

Sie starrte auf ihre Schreibtischplatte, versuchte, sich zu sammeln.

Wir dürfen uns nicht darauf festlegen, dass Drewes' Flucht ein Schuldeingeständnis ist. Wir müssen weiter ermitteln.

»Wir sollten noch einmal mit Christine Lorenzen reden. Jetzt, da wir wissen, dass Rohde ihr nicht treu war, müssen wir nachhaken«, sagte sie.

»Dieses Mal ohne Samthandschuhe?«, fragte Sven. »Ich war ja gestern schon der Meinung, du hättest sie mit ihrer Schwangerschaft konfrontieren sollen.«

Sina winkte ab. »Ja, das hätte ich vielleicht tun sollen. Aber sie stand unter Schock, da wollte ich nicht zu viel Druck machen.« Sie griff nach ihrer Jacke. »Hoffentlich geht es ihr heute besser. Sie hat uns einiges zu erklären.«

***

Sina hatte Sven das Steuer des Dienstwagens überlassen, da ihr wieder eingefallen war, dass sie Jan versprochen hatte, sich bei ihm zu melden.

Wie lange brauchen wir für das Gespräch mit Christine? Eine Stunde sollte ausreichen. Wenn ich anschließend Sven bitte, mich nach Hause zu fahren, wann könnte ich mich dann mit Jan treffen?

Sina überlegte, während sie schon WhatsApp auf ihrem Telefon öffnete.

Falls Jan daheim ist, könnte Sven mich sogar direkt zu ihm fahren, oder wäre das zu viel verlangt?

Sie schickte ihrem Freund eine Nachricht, in dem sie ihm mitteilte, dass sie noch ungefähr eine Stunde arbeiten müsse. *Wenn nichts dazwischenkommt,* schickte sie als Vorbehalt hinterher.

Sag Bescheid, wenn du fertig bist. Ich könnte dich im Revier abholen, kam nach einer Minute die Antwort.

Bin nicht im Revier. Auf dem Weg zum Hotel Inselherz für eine Befragung, schrieb Sina zurück.

Cool, das ist näher zu mir. Schreib mir, sobald du Zeit hast, dann bin ich zehn Minuten später am Hotel. Italiener oder Chinese?

Sina lächelte. Ihr Mittagessen hatte aus einem hastig heruntergeschlungenen belegten Brot bestanden, ein leckeres Abendessen noch dazu in Begleitung von Jan, war genau das, was sie nach diesem anstrengenden Tag brauchte.

Italiener. Ich freu mich.

Ich mich auch.

»Jan holt mich nach der Befragung ab«, sagte Sina, als Sven bereits auf die Zufahrt des Hotels fuhr.

Sven grinste sie an. »Dann lass uns das Gespräch mit Christine mal schnell hinter uns bringen. Ich freue mich ehrlich gesagt auch schon auf den Feierabend. Der Tag heute war ganz schön vollgepackt.«

Sina öffnete die Beifahrertür. »Vor dem angenehmen Teil des Abends kommt jetzt leider erst noch die sicher nicht sehr angenehme Konfrontation mit Christine.« Sie unterdrückte einen Seufzer und musterte die Fassade des Hotels.

Wie schon beim ersten Mal befragten sie Christine Lorenzen auch heute in ihrem Hotelzimmer. Anders als noch am Vortag sah das Zimmer jetzt bewohnter aus, die Kostümbildnerin hatte wohl mittlerweile ihr gesamtes Gepäck aus dem Zimmer, das sie sich mit Marc Rohde geteilt hatte, geholt.

So ordentlich wie es hier aussieht, stammte die Unordnung in dem anderen Zimmer wohl von ihm, dachte Sina, nachdem sie sich kurz umgesehen hatte.

Auch Christine Lorenzen selbst wirkte ordentlicher als bei ihrem letzten Gespräch. Ihr Gesicht war zwar immer noch blass und ihre Augen von dunklen Ringen umschattet, doch sie hatte sich die Haare gekämmt und war in einen beigen Pullover und dunkle Jeans gekleidet.

Aber sie wirkt immer noch ziemlich apathisch, wahrscheinlich nimmt sie immer noch Beruhigungsmittel.

»Es gibt einige Punkte, die wir heute mit Ihnen besprechen müssen«, begann Sina. »Ich weiß nicht, ob Sie mit Ihren Kollegen in Kontakt stehen und es vielleicht schon gehört haben, aber Natalie Drewes ist verschwunden.«

»Die Nati?« Lorenzen schnappte nach Luft. »Meinen Sie, das bedeutet, dass sie ... Aber nein, doch nicht die Nati.«

»Wir wissen im Moment noch gar nichts«, meinte Sina. »Wir wissen nur, dass sie mit der Fähre nach Römö gefahren ist. Aber ihr aktueller Aufenthaltsort ist uns nicht bekannt.«

Christine umfasste ihren Oberkörper mit beiden Armen. Sie saß auf der Kante des sorgfältig gemachten Bettes und starrte Sina unverwandt an. »Aber das ist doch so gut wie ein Schuldeingeständnis, oder? Warum sonst sollte sie einfach so abhauen.«

Sina hatte nicht vor, Christine Lorenzen von den psychischen Problemen der Dramaturgin zu erzählen. Schließlich war sie nicht hier, um Auskunft zu erteilen, sondern um Fragen zu stellen. »Können Sie sich ein Motiv vorstellen, aus dem Natalie Drewes Marc Rohde getötet haben könnte? Wissen Sie zum Beispiel, ob die beiden sich bereits von früher kannten?«

Langsam schüttelte Lorenzen den Kopf. »Ich glaube nicht, dass sie sich kannten. Falls ja, haben sie das gut verborgen. Marc hat jedenfalls nichts zu mir gesagt. Und ein Motiv? Nein, ich hatte mit der Nati nicht viel zu tun, da fällt mir nichts ein. Sie schien immer so harmlos, so unauffällig.« Erneut schüttelte sie den Kopf, die Haarspitzen ihres kinnlangen Bobs wippten. »Haut die einfach ab«, murmelte sie.

Gut, das wäre das. Jetzt kommt der unangenehme Teil. Sina holte tief Luft. »Wussten Sie, dass Marc Rohde eine Affäre mit Anja Jörden hatte?«

Christine keuchte auf, starrte Sina mit weit aufgerissenen Augen an. »Das, das … ich …« Sie ließ den Kopf hängen, schien in sich zusammenzufallen wie eine Luftmatratze, deren Ventil man geöffnet hatte.

Sina wartete, sagte nichts.

Schließlich nickte Christine. »Ja, das habe ich gewusst«, sagte sie mit leiser Stimme. Sie hob den Kopf, in ihren Augen glänzten Tränen. »Was heißt gewusst, ich habe es geahnt. Die Anzeichen waren alle da.«

»Was für Anzeichen?«, fragte Sina.

Lorenzen schluckte schwer. »Die Blicke, dass sie manchmal kurz nacheinander den Raum verließen, solche Sachen.«

»Wie war das zum Beispiel an jenem letzten Abend? Corbinian Kupfer hatte eine Pause angesagt, sind Jörden und Rohde da auch gemeinsam verschwunden?«

Eine Träne glitt über Christine Lorenzens Wange. Sie nickte stumm.

»Und Sie? Was haben Sie daraufhin getan?« Sina sprach leise, gab ihrer Stimme einen sanften Klang.

»Nichts. Ich habe nichts getan.« Christine ballte die Faust und hieb auf die Matratze ein. »Wie immer! Ich habe mir alles gefallen lassen, jede Kränkung geschluckt, so getan, als sähe ich nicht, was da abläuft.« Ihre Stimme wurde lauter und lauter.

»Aber das Wegsehen hat es nur noch schlimmer gemacht«, sagte Sina.

Christine Lorenzen schluchzte auf. »Er hat mir immer wieder versprochen, dass es nie wieder vorkommt, dass er sich bessert. Dann kommen wir hierher nach Sylt, alles ist wunderbar, es fühlt sich an wie ein Neuanfang und dann …« Ihre Stimme brach. Als sie weitersprach, flüsterte sie. »Wir waren noch keine Woche hier, da ging es wieder los. Zweideutige Bemerkungen, eindeutige Blicke. Mit jeder Frau im Theater hat er geflirtet, mich hat er behandelt wie eine Selbstverständlichkeit.«

Sina entschloss sich, die Frage zu stellen, die ihr unter den Nägeln brannte. »Warum haben Sie uns nicht gesagt, dass Sie ein Kind erwarten?«

Lorenzen wischte sich mit dem Handrücken die Tränen aus dem Gesicht. »Weil ich nicht weiß, was ich tun soll. Soll ich das Kind behalten? Als ich gemerkt habe, dass ich schwanger bin, dachte ich, dass Marc endlich treu bleibt, wenn er erfährt, dass er Vater wird, aber dann ... dann hatte ich wieder Angst, er verlässt mich, wenn ich es ihm sage.« Sie ballte beide Hände zu Fäusten. »Das durfte auf keinen Fall geschehen.«

»Früher oder später hätte er es erfahren«, sagte Sina. »Sie hätten es ihm nicht ewig verschweigen können.«

Wieder ließ die Kostümbildnerin den Kopf hängen. »Ich wollte bis nach der Premiere warten, wollte ihn wegen Anja zur Rede stellen. Dann hätte ich es ihm gesagt.«

Hört sich für mich eher so an, als hätte sie auf die perfekte Gelegenheit gewartet und verdrängt, dass es die perfekte Gelegenheit nie geben würde.

»Selina wusste Bescheid.« Christine hatte so leise gesprochen, dass Sina sich nicht sicher war, was sie da gesagt hatte. Bevor sie nachfragen konnte, sprach die Kostümbildnerin bereits weiter. »Sie hat mitbekommen, dass mir morgens übel war und mich direkt darauf angesprochen.«

Sina machte sich eine mentale Notiz. Vielleicht wurde die Tatsache, dass die Schauspielerin von Christines Schwangerschaft gewusst hatte, später noch wichtig.

»Selina ist die Einzige im Team, mit der ich mich wirklich gut verstehe. Wirklich gut verstanden habe, weil jetzt …« Lorenzen biss sich auf die Lippe, so fest, dass Sina meinte, jeden Moment müsse Blut fließen. »Ich weiß, sie wollte das nicht, aber schlussendlich hat sie Marc getötet, wenn auch ohne Absicht.«

»Sie sind sich sicher, dass es nicht Selina war, die den Dolch vertauscht hat?«

Christine runzelte die Stirn. »Wir haben miteinander gesprochen in der Pause. Ich glaube nicht, dass sie überhaupt … Aber doch, natürlich, sie hätte die Gelegenheit gehabt, den Dolch zu vertauschen, sie war ja eine Zeitlang allein auf der Bühne. Aber andererseits wäre das ja nur eine Sache von Sekunden gewesen, jeder von uns hätte die Gelegenheit dazu gehabt.«

Sina nickte. *Nur eine Sache von Sekunden, damit liegt sie ganz richtig. Meine Arbeit macht das leider ganz und gar nicht leichter. Im Gegenteil.*

***

Sina hatte Jan geschrieben, dass er sie doch nicht vor dem Hotel Inselherz abholen sollte. Nach dem Gespräch mit Christine, das sie viele Nerven gekostet hatte, wollte sie kurz für sich allein sein, also war sie zum nahe gelegenen Strand gelaufen. Mit Jan wollte sie sich auf dem Strandparkplatz treffen.

Kann ich Christine Lorenzen glauben? Oder war sie diejenige, die den Requisitendolch gegen einen echten Dolch ausgetauscht hat?

Sina blieb stehen und zog mit der Stiefelspitze einen Kreis in den Sand.

Könnte es sein, dass sie den Vater ihres ungeborenen Kindes getötet hat? War der Schmerz über den Betrug so groß, dass sie nur noch diesen Ausweg sah?

Sina schüttelte den Kopf. Nein, Christine Lorenzen liebte Marc Rohde, das war überdeutlich.

Er hat sie behandelt wie den letzten Dreck, sie hat ihn angebetet. Sie hat es ja noch nicht einmal geschafft, ihn wegen seiner Affäre zur Rede zu stellen. Wie hätte sie ihn da töten können?

Und doch ... Ein letzter Zweifel blieb.

Schließlich war es ja Selina, die den Dolch geführt hat. Christine hätte ihn nur austauschen müssen. Eine Sache von Sekunden. Dann verdrängen, was sie getan hat.

Sina setzte sich wieder in Bewegung.

Aber der Mord war von langer Hand geplant. Der Täter musste sich ja eine exakte Nachbildung des Requisitendolches verschaffen. Das erforderte Planung und Voraussicht. Das war keine Handlung im Affekt.

Und das wiederum - die Planung, den unbedingten Willen, Rohde aus dem Weg zu schaffen - traute Sina Christine nicht zu.

Wenn eine Frau wie Christine Lorenzen jemals jemanden töten würde, dann im Affekt.

Sina hob den Kopf, als sie ihren Namen hörte. Jan kam winkend auf sie zu. Mit einem Lächeln ging Sina ihm entgegen.

Sie begrüßten sich mit einer Umarmung und einem Kuss, dann hakte Sina sich bei Jan unter. »Lass uns noch ein wenig spazierengehen, bevor wir zum Restaurant fahren. Ich brauche dringend noch ein wenig frische Luft, die mir den Kopf frei bläst.«

»Mit frischer Luft können wir hier auf Sylt dienen, die haben wir im Überfluss«, lachte Jan.

Eine Weile gingen sie schweigend nebeneinander her.

»Was ist los mit dir? Dich bedrückt doch etwas, das merke ich ganz genau.« Jan war stehen geblieben und sah Sina prüfend an.

»Die Befragung hat mich ziemlich aufgewühlt. Außerdem mache ich mir große Sorgen um eine Frau, die verschwunden ist. Sie ist eine Zeugin oder vielleicht sogar eine Verdächtige in unserem Fall.« Sina seufzte. »Ihr Verschwinden legt natürlich nahe, dass sie die Täterin sein könnte, aber da könnte auch noch etwas ganz anderes dahinterstehen.« Sie zögerte, überlegte, wie viel sie Jan anvertrauen könnte. »Wir haben erfahren, dass diese Frau große psychische Probleme hat. Darum mache ich mir Sorgen.«

Jan zog Sina an sich. »Habt ihr alles für eine Suche nach dieser Frau veranlasst?«

»Selbstverständlich. Wir ...«

Jan legte Sina einen Finger auf die Lippen. »Dann heißt das, du hast alles, was du für diese Frau tun kannst, getan. Wenn du dir jetzt die ganze Zeit Sorgen machst, dann hilfst du niemandem. Weder dieser Frau noch dir selbst. Lass los.«

Sina seufzte. »Wenn das nur so einfach wäre.«

Jan tätschelte Sinas Schulter. »Morgen ist ein neuer Tag, da kannst du dich wieder mit aller Kraft auf deine Arbeit konzentrieren. Aber dieser Abend, den brauchst du jetzt, um deine Batterien wieder aufzuladen.«

»Du hast ja recht, aber ich weiß nicht, wie das geht. Ich habe leider keinen Schalter, den ich umlegen kann, und schon bin ich vollkommen unbeschwert und mache mir keine Gedanken mehr.«

»Das musst du lernen, sonst reibst du dich auf in deinem Job.« Jan ergriff Sinas Hand. »Los, wer zuerst am Parkplatz ist, kriegt Nachtisch. Der andere nicht.«

Die Aussicht auf Tiramisu verlieh Sina Flügel. Entweder das oder Jan hatte sie absichtlich gewinnen lassen.

Kapitel vier

Sina fühlte sich erschöpft. Ausgelaugt. Die letzten Tage hatten ihr viel abverlangt.

Und es wird so schnell nicht besser. Hoffentlich finden wir Natalie Drewes bald. Und hoffentlich finden wir sie lebendig.

Sie war früh ins Büro gefahren, um ihr persönliches Memo zu ergänzen. Jetzt, nachdem sie alle neu hinzugekommenen Aussagen, aber auch ihre Gedanken und Gefühle niedergeschrieben hatte, las sie alles noch einmal durch. Sie hoffte, dass sie dadurch neue Ideen oder Impulse gewinnen würde.

Dem war leider nicht so.

Als Sven an den Rahmen ihrer offen stehenden Bürotür klopfte, starrte Sina trübsinnig auf den Bildschirm.

»Hattest du seit gestern irgendwelche bahnbrechenden neuen Erkenntnisse?«, fragte Sina ihren Kollegen.

»Weder bahnbrechend noch überhaupt«, meinte Sven. Trotzdem schien er im Gegensatz zu Sina ausgeruht und sogar gut gelaunt. »Ich warte auf Rückmeldungen aus Hamburg. Zum einen von dem Requisitenhandel. Da wollte ich wissen, ob sie auch echte Dolche in Spezialanfertigung herstellen. Die melden sich sicher heute im Laufe des Tages. Zum anderen hatte ich bei der Produktionsfirma der Hafenwache nachgefragt, ob Rohde damals seine Rolle freiwillig aufgegeben hat oder ob sie ihn aus der Serie geschrieben haben. Falls Letzteres der Fall war, habe ich um Angabe von Gründen gebeten.«

»Hattest du da nicht vorgestern schon angerufen?«, fragte Sina. »Warum dauert das so lange?«

»Ich hatte eine Mitarbeiterin am Apparat, die meinte, sie kenne keine Vertragsdetails und müsse einen der Geschäftsführer darauf ansprechen.«

»Warum hast du dich nicht selbst mit dem Geschäftsführer verbinden lassen?« Sina klopfte ungeduldig mit den Fingern der rechten Hand auf die Schreibtischplatte.

»Weil die beide an irgendwelchen Drehorten und daher nicht erreichbar waren.« Sven sah auf seine Armbanduhr. »Auch da rechne ich heute mit Rückruf. Falls die sich nicht selbst melden, rufe ich im Laufe des Tages noch einmal dort an.«

Sina nickte. »Gut, hoffentlich geht da bald mal was vorwärts. Falls sich der Requisitenhandel heute nicht meldet, ruf da bitte auch noch einmal an.«

Sie schloss das Dokument, in dem ihr Memo gespeichert war, und überprüfte ihren E-Mail-Eingang. »Aus Dänemark gibt's auch noch nichts Neues.«

»Wir müssen Geduld haben«, sagte Sven.

Sina unterdrückte ein Seufzen. »Wie soll ich denn Geduld haben, wenn von allen in diesen Fall verwickelten Personen ausgerechnet die abgängig ist, die mentale Probleme hat? Ich mache mir große Sorgen, dass sie sich etwas angetan hat.«

»Wir können nur leider nichts tun. Das ist jetzt Sache der Kollegen in Dänemark. Wir können ja schlecht selbst nach Römö fahren und nach ihr suchen.«

»Du hast ja recht«, sagte Sina. »Das Dumme ist nur, dass mir im Moment auch sonst nichts Sinnvolles einfällt, was wir noch tun können.«

Sven setzte sich auf Sinas Schreibtischkante. »Wir hatten ja bereits beschlossen, so weiterzumachen, als sei Drewes nicht unsere Täterin.«

Sina nickte. »Das würde bedeuten, Robert Voss und Corbinian Kupfer eingehender zu befragen.«

Sven klopfte mit den Fingerknöcheln auf die Tischplatte. »Also auf ins Theater.«

***

Sie trafen Corbinian Kupfer und Robert Voss gemeinsam auf der Bühne des Theaters an. Das Bett, in dem Marc Rohde gestorben war, befand sich nicht mehr auf der Bühne. An seiner Stelle stand nun ein Tisch mit vier Stühlen.

Als Sina die Bühne betrat, bemerkte sie auch, dass der Requisitentisch nicht mehr auf der Seitenbühne stand.

»Morgen beginnen wir mit den Proben zu Pygmalion«, erklärte Robert. »Corbinian und ich gehen gerade einige Ideen durch.«

Der Regisseur nickte nur, sein Gesichtsausdruck wirkte verbissen.

Sina hütete sich nachzufragen, ob der Intendant bei seiner Entscheidung, Die Tragödie der Jungfrau komplett aus dem Programm zu nehmen, geblieben war.

Kupfers Körpersprache ist wohl Antwort genug.

Sven war weniger feinfühlig. »Ich habe in der Zeitung gelesen, dass nach der Absetzung Ihres Stückes nächste Woche Cyrano de Bergerac wieder ins Programm genommen wird.«

Corbinian Kupfer verschränkte die Arme und warf Sven einen Blick zu, den man nur als feindselig bezeichnen konnte.

Der Regieassistent antwortete mit einem Lächeln, das Sina ein wenig bemüht erschien: »Ja, damit haben wir allerdings nichts zu tun. Das ist eine ganz andere Produktion.« Er spielte mit dem Kugelschreiber, der vor ihm auf dem Tisch lag. »Womit können wir Ihnen helfen? Sie sind doch sicher nicht gekommen, um den Spielplan der Sylter Bühne zu diskutieren.«

Corbinian Kupfer gab ein leises Schnauben von sich.

Sina lächelte Robert Voss an. »Nein, natürlich nicht. Wir wollten uns ein wenig ausführlicher mit Ihnen beiden unterhalten.«

Der Regisseur sah mit großer Geste auf seine Armbanduhr. »Muss das wirklich unbedingt jetzt sein? Wir haben noch einiges an Arbeit vor uns.«

Sina sah ihn kühl an. »Je schneller wir die Gespräche mit Ihnen hinter uns bringen, desto schneller können Sie weiterarbeiten.«

Kupfer sah Sina finster an. »Können wir uns dann wenigstens aufteilen? Ihr Kollege befragt einen von uns, Sie den anderen.«

Sina schüttelte den Kopf. »Nein, tut mir leid. Die Fragen stelle ich.« Sie deutete zur Seitenbühne. »Ich nehme an, wir können wieder den Aufenthaltsraum benutzen?«

Robert Voss stand auf, blieb dann aber unschlüssig stehen. »Mit wem von uns wollen Sie zuerst reden?«

»Gerne mit Ihnen, Herr Voss.« Sina ließ dem Regieassistenten den Vortritt und folgte ihm gemeinsam mit Sven über die Seitenbühne, hin zu dem Gang, von dem die Werkstatt und der Aufenthaltsraum abgingen.

Sina setzte sich mit Robert Voss an den Tisch in der Mitte des Raumes. Sven lehnte sich an den Counter neben dem Kühlschrank und zückte Stift und Notizblock.

»Bei unserem ersten kurzen Gespräch ging es ja nur darum, wo Sie sich kurz vor der und während der Tat aufgehalten haben. Heute möchte ich von Ihnen ein wenig mehr über Marc Rohde erfahren. Wir sind immer noch damit beschäftigt, uns ein möglichst genaues Bild des Opfers zu machen.«

Voss sah Sina aufmerksam an. »Um aus seiner Persönlichkeit Rückschlüsse daraus zu ziehen, wer ihn hätte töten wollen?«

Noch so einer, der zu viele Krimis im Fernsehen sieht. Trotzdem lächelte Sina ihr Gegenüber an. Immerhin lag der Regieassistent mit seiner Vermutung genau richtig.

»Erzählen Sie mir doch bitte einfach, was für eine Meinung Sie über Marc Rohde hatten.«

»Ich kannte ihn nicht sonderlich gut. Wir hatten noch nie zuvor zusammengearbeitet«, begann Robert Voss vorsichtig.

Sina verstärkte ihr Lächeln, wollte Voss ermuntern, kein Blatt vor den Mund zu nehmen. »Erste Eindrücke sind doch oft überraschend zutreffend, also erzählen Sie nur.«

Voss lachte auf. »Mein erster Eindruck war aber denkbar schlecht.« Er verschränkte die Hände auf der Tischplatte und beugte sich vor. »Ich hatte mit Corbinian und Natalie bereits einige Tage zusammengearbeitet, bevor die Schauspieler hinzukamen. Rohde kannte ich nur aus dem Fernsehen. Ich bin kein Fan der Hafenwache, aber habe doch einige Folgen angesehen.« Er zuckte mit den Schultern. »Immer dann, wenn man am Vorabend daheim ist und gerade nichts Besseres zu tun hat, um sich die Zeit bis zum Abendessen zu vertreiben.« Er hielt kurz inne, schien zu überlegen. »Natürlich hat man auch immer - sogar in meinem Beruf - von einem Schauspieler, den man nur vom Bildschirm oder der Leinwand kennt, ein gewisses Bild. Nicht bewusst, aber unterbewusst bildet man sich eben eine Meinung. Wobei Meinung vielleicht sogar ein zu starkes Wort ist. Eindruck wäre wohl besser.«

»Welchen Eindruck hatten Sie also von Marc Rohde?«

»Kerniger Draufgängertyp. Das war so das Label, das ich ihm verpasst hatte.« Voss hob eine Hand. »Ich arbeite mit Schauspielern, weiß also ganz genau, dass die meisten von ihnen mit ihren Rollen wenig bis gar nichts zu tun haben. Schließlich ist es ihr Beruf, eine andere Person zu verkörpern. Trotzdem gibt es immer wieder auch Darsteller, bei denen ist der Unterschied zwischen dem Charakter, den sie spielen, und der Privatperson gar nicht so groß.«

Jetzt lehnte sich auch Sina vor. Das klang alles höchst interessant. »Wie war das bei Rohde?«

Wieder lachte Robert Voss kurz auf. »Tja, der kernige Draufgängertyp. Ich weiß nicht, ob er wirklich so war oder ob er einfach seine Paraderolle aus der Hafenwache in sein Privatleben hinübergerettet hat und sie dort weitergespielt hat.« Er zog eine Augenbraue hoch. »Es gibt ja Gerüchte, dass er die Rolle nicht freiwillig aufgegeben hat.«

Sina erinnerte sich an Svens Anfrage bei der Produktionsfirma. Es gab also keinen Grund, Voss zu fragen, wo er denn diese Gerüchte gehört hätte, eine Antwort auf diese Frage würden sie noch früh genug bekommen.

Viel interessanter fand Sina im Moment die Anspielung darauf, Rohde hätte seine Rolle auch privat weitergespielt. »Wie hat er sich denn privat verhalten, der kernige Draufgänger?«

Der Regieassistent schürzte die Lippen, bevor er weitersprach. »Sobald Rohde einen Raum betrat, musste er der Fokus der Aufmerksamkeit sein. Dafür war ihm jedes Mittel recht. Ob er einfach nur extrem laut sprach oder sofort verkündete, er gebe eine Runde für alle aus. Er konnte schrecklich aufdringlich sein. Wenn er sich ignoriert fühlte, dann wollte er sich umso dringender mit einem unterhalten. Er war einfach die Art von Person, die ein Nein weder verstehen noch akzeptieren kann.«

Sina überlegte noch, wie sie am besten nachfragen könne, wie sich Rohde seinen weiblichen Kollegen gegenüber verhalten hatte, ohne eine Suggestivfrage zu stellen, da kam Robert Voss ihr zuvor.

Er senkte die Stimme. »Außerdem habe ich ihn für einen Frauenheld gehalten. Ich weiß, das ist ein altmodisches Wort, aber es passt einfach perfekt.«

Sina behielt eine neutrale Miene bei, so als sei diese Aussage neu für sie. »Wie kamen Sie zu diesem Eindruck?«

»Er hat mit fast allen Frauen im Team gnadenlos geflirtet. Anders kann man das nicht ausdrücken. Egal, ob die jeweilige Frau Interesse zeigte oder sich abwehrend gab. Das alles mehr oder weniger vor den Augen seiner Lebensgefährtin.« Robert brach abrupt ab.

Sina schien es, als hätte er noch etwas sagen wollen, sich jedoch in letzter Sekunde dagegen entschieden.

»Sie können mir ruhig Details verraten. Früher oder später kommt das eh alles zur Sprache.«

Robert seufzte und hob beide Hände. »Nun gut. Er

ist heftig mit Selina aneinandergeraten. Was heißt aneinandergeraten, das ist vielleicht das falsche Wort. Ich weiß auch nicht genau, was Rohde gesagt oder getan hatte, aber auf jeden Fall hat Selina ihm lautstark die Meinung gesagt. Ob das gefruchtet hat, bezweifle ich aber.«

»Gab es im Team denn auch Frauen, die positiv auf Marc Rohdes Annäherungsversuche reagierten?«

Wieder schwieg Robert Voss kurz, sah zur Seite. Dann nickte er. »Anja. Die hat mindestens genauso heftig zurückgeflirtet.«

Das reichte Sina nicht, sie wollte wissen, ob Voss über die Affäre zwischen der Requisiteurin und dem Schauspieler Bescheid gewusst hatte. »Denken Sie, dass da mehr war als nur ein harmloser Flirt?«

Robert Voss' Augen weiteten sich, er wirkte ein wenig ertappt. »Ich will keine bösen Gerüchte in die Welt setzen.«

»Das tun Sie doch gar nicht«, versuchte Sina, ihn zu beruhigen. »Was Sie mir erzählen, wird natürlich vertraulich behandelt.«

So richtig überzeugt wirkte Voss nicht. »Ich weiß es nicht. Vorstellen könnte ich es mir, aber ich habe nie etwas Konkretes beobachtet, falls Sie das meinen.«

Sina nickte, damit gab sie sich zufrieden. Sie sah zu Sven hinüber, der ihr zunickte. Auch er hatte keine weiteren Anmerkungen.

»Vielen Dank für Ihre Zeit, Herr Voss. Wie bereits bei unserem ersten Gespräch gesagt, bitte kontaktieren Sie uns, falls Ihnen noch etwas einfällt, das wichtig sein könnte.«

Robert nickte und stand auf. »Selbstverständlich. Soll ich Corbinian zu Ihnen schicken?«

»Danke, das erledigt mein Kollege«, sagte Sina schnell. Sie wollte vermeiden, dass sich Voss und Kupfer in irgendeiner Weise absprachen.

***

In der kurzen Wartezeit, bis Sven mit Corbinian Kupfer in den Aufenthaltsraum zurückkehrte, schlug Sina ihren Notizblock auf und schrieb rasch ihre Eindrücke nieder. Natürlich hatte Sven Notizen gemacht und sie hatte das Gespräch auch wie immer mit dem Handy aufgezeichnet, doch Sina wollte auch festhalten, was für ein Gefühl ihr Robert Voss während der Befragung vermittelt hatte.

Ich glaube, RV hat meine Fragen ehrlich beantwortet. Es gab einige Momente, in denen er gezögert hat, wohl, weil er nicht zu viel verraten wollte, was das Privatleben seiner Kollegen angeht. Er scheint nicht nur sehr loyal zu sein, sondern auch von Klatsch und Gerüchten nichts zu halten. Genauso wenig wie von MRs aufdringlicher Art.

Sina sah auf, als die Tür aufging. Sven betrat, gefolgt von Corbinian Kupfer, den Raum. Sina bedeutete Kupfer, ihr gegenüber Platz zu nehmen und schlug eine neue Seite in ihrem Block auf. Dann startete sie erneut eine Aufnahme auf ihrem Smartphone.

Auch das Gespräch mit dem Regisseur begann sie mit der Frage nach dessen persönlicher Meinung über Marc Rohde.

»Ich wollte nicht mit ihm arbeiten«, gab Kupfer unumwunden zu. »Es war die Entscheidung des Intendanten, Marc Rohde für die Rolle des Königs zu engagieren. Das war also ein denkbar schlechter Start für eine erfolgreiche Zusammenarbeit, das gebe ich zu.«

»Kannten Sie Rohde schon vor Beginn der Arbeit hier an der Sylter Bühne?«, wollte Sina wissen.

Kupfer schüttelte den Kopf. »Nur vom Hörensagen. Wir sind zwar beide aus Hamburg, sind uns dort aber nie über den Weg gelaufen. Ich arbeite ausschließlich für das Theater, Rohde war mehr im Fernsehbereich beheimatet.«

Das Wort *Fernsehbereich* sprach er in einem verächtlichen Tonfall aus.

Klingt so, als halte er seine Arbeit für höhere Kultur. Mit etwas so Banalem wie Fernsehserien will der Gute wohl nichts zu tun haben.

»Sie wollten also einen anderen Schauspieler besetzen? Hatten Sie da jemanden bestimmtes vorgesehen?« Sina meinte sich zu erinnern, dass sie bei dem teilweise belauschten Streit zwischen Kupfer und dem Intendanten einen Namen gehört hatte.

»Ja, ich wollte Anton Jahnke. Mit ihm habe ich bereits mehrfach gearbeitet. Ein grandioser Schauspieler. Er wäre genau der Richtige für diese Rolle gewesen.« Kupfers Blick verdüsterte sich. »Mit Anton wäre dieses Debakel nicht passiert.«

Debakel? Was für eine seltsame Wortwahl.

»Was veranlasst Sie zu dieser Annahme?«

»Anton ist Vollprofi. In jeder Hinsicht. Da gibt es keine Tändeleien und keine Großspurigkeiten.« Corbinian Kupfer runzelte die Stirn. »Manche Leute legen es ja förmlich darauf an, sich Feinde zu machen. Anton ist da ganz anders.«

»Aber Marc Rohde war der Typ, der sich Feinde machte?« Sina wartete gespannt auf Kupfers nächste Antwort.

»Sagen wir so: Er eckte an allen Ecken an, an denen man nur anecken kann.« Der Regisseur verschränkte die Arme. »Reicht Ihnen das als meine persönliche Einschätzung?«

Sina lächelte ihn an, auch wenn ihr das Lächeln angesichts Kupfers passiv-aggressiver Haltung schwerfiel. »Ein wenig genauer möchte ich das schon wissen«, sagte sie. »Erzählen Sie mir doch ein wenig darüber, mit wem Rohde nicht gut auskam und warum.«

Corbinian Kupfer verdrehte die Augen. »Also, gut. Details.« Er hob beide Hände und zählte an den Fingern ab, während er sprach. »Da wäre zuerst Selina Engels, die sich öfter als einmal bei Rohde über seine Anzüglichkeiten beschwerte. Als es auf die höfliche Weise nicht funktionierte, wurde sie laut, schrie ihn an. Aber das perlte an Rohde alles ab, er grinste nur süffisant und ließ Selina reden. Dann legte er sich mit dem Chefmaskenbildner an, weil ihm dessen Arbeitsweise nicht passte. Robert ließ sich zwar während der Arbeit nichts anmerken, vertraute mir aber an, dass er von Rohdes Art extrem genervt war. Unsere Dramaturgin bekam in Rohdes Gegenwart kaum ein Wort heraus, so eingeschüchtert war sie von ihm.«

Kupfer gab die Zählerei auf und gestikulierte heftig mit beiden Händen. »Sogar bei Weiss hatte ich den Eindruck, er hätte seine Wahl mittlerweile bereut. Er war alles andere als begeistert, was Rohdes Leistung bei den Proben anging.« Er lehnte sich zurück und verschränkte erneut die Arme. »Und dann wäre da natürlich noch Christine Lorenzen, die seit langer Zeit stumm vor sich hin leidende Lebensgefährtin.«

»Mit der Sie ja bereits in Hamburg zusammengearbeitet haben«, hakte Sina ein.

»Ja, eine ausgezeichnete Kostümbildnerin«, sagte der Regisseur gönnerhaft. »Dass sie mit Rohde zusammen war, wusste ich übrigens bis vor Kurzem gar nicht.«

»Bei Ihrer Aufzählung gerade eben, haben Sie Anja Jörden gar nicht erwähnt«, lenkte Sina das Gespräch in eine neue Richtung.

Zischend atmete Kupfer aus. »Anja. Tja, die war ein Fall für sich. Im Gegensatz zu allen anderen fuhr sie voll auf Rohde ab.«

Sina tat so, als sei dies absolut neu für sie. Sie zog eine Augenbraue hoch und tat überrascht. »Wirklich? Wie äußerte sich das?«

»Albernes Gekicher, wann immer Rohde einen seiner müden Witze brachte. Wenn Sie mich fragen, hatten die beiden was miteinander.« Er schnaubte. »Hinter Christines Rücken. Oder sollte ich eher sagen: vor ihrer Nase?«

Sina wurde nachdenklich. Alle bisher Befragten schienen zumindest zu ahnen, dass es eine Affäre zwischen Jörden und Rohde gegeben hatte.

Das muss doch schrecklich demütigend für Christine gewesen sein. Ich glaube immer mehr, dass sie diejenige mit dem besten Motiv ist.

»Wie hat Christine Lorenzen darauf reagiert, dass ihr Lebensgefährte so ungeniert mit einer anderen Frau flirtet?«

Kupfer hob die Schultern. »Gar nicht. Zumindest soweit ich das mitbekommen haben. Schätze, sie hat alles in sich hineingefressen. Großartige Kostümbildnerin wie gesagt, aber privat kenne ich sie kaum. Sie hält sich sehr für sich.«

Stille Wasser sind tief, dachte Sina. Sie griff nach

ihrem Smartphone und beendete die Aufnahme.

»Vielen Dank, Herr Kupfer. Bitte melden Sie sich bei uns, falls Ihnen noch etwas einfallen sollte.«

Der Regisseur sprang von seinem Stuhl auf, nickte Sina zu und hastete aus dem Raum.

»Da hat es aber jemand eilig, zurück zur Arbeit zu kommen«, meinte Sven und ließ sich neben Sina nieder.

Sina blätterte in ihrem Notizblock, bis sie die Seite fand, auf der sie die Namen aller Beteiligten sowie mögliche Motive notiert hatte.

Sie zeigte Sven diese Seite und tippte mit ihrem Kugelschreiber auf Christine Lorenzens Namen, der ganz oben stand. »Ich hatte mir Eifersucht als mögliches Motiv notiert. Aber wenn ich so höre, dass wohl jeder im Team Bescheid wusste, frage ich mich, ob auch Demütigung ein gutes Motiv wäre.«

Sven nickte. »Auf jeden Fall. Gegen Christine als Täterin würde zwar ihr offensichtlicher Schockzustand sprechen, aber der könnte auch davon herrühren, dass sie jetzt, nach vollbrachter Tat, Reue verspürt.«

»Das und vielleicht war zuzusehen, wie ihr Lebensgefährte stirbt, dann doch ein wenig brutaler als ein Theatermord«, meinte Sina. »Vielleicht hat sie sich den Anblick harmloser vorgestellt als er dann war.«

»Andererseits scheint sie sich gut mit Selina Engels zu verstehen. Dass sie einer Freundin antut, was der Täter Selina angetan hat, kann ich mir bei Christine nicht vorstellen«, gab Sven zu bedenken.

Sina nickte nachdenklich. »Trotzdem lasse ich Christine fürs Erste ganz oben auf meiner Liste stehen.« Wieder deutete sie auf das Blatt. »Wo würdest du Robert Voss und Corbinian Kupfer einordnen? Ich hatte Kupfer sehr weit unten notiert, weil mir die Tatsache, dass er einen anderen Schauspieler besetzen wollte, nicht sonderlich schwerwiegend vorkam. Voss hatte ich noch gar nicht berücksichtigt, bei dem sehe ich kein Motiv.«

»Dann schreib seinen Namen zwischen Kupfer und Engels«, schlug Sven vor.

Sina folgte seinem Vorschlag.

»Was ist mit dem Fragezeichen da oben?«, fragte Sven.

»Das steht für den großen Unbekannten, der sich durch den nicht verschlossenen Bühneneingang ins Theater geschlichen haben könnte, um den Dolch zu vertauschen. Und der dann anschließend unbemerkt in der stürmischen Nacht verschwand«, erklärte Sina.

»Da hatten wir ja bereits überlegt, dass dafür nur jemand in Frage käme, der sich hier im Theater entweder extrem gut auskennt oder hier arbeitet«, meinte Sven.

»Jemand, der sich ein Foto des Theaterdolches verschaffen konnte, um ein Replikat anfertigen zu lassen.«

»Der Chefmaskenbildner, der empört war, dass Rohde ihn kritisiert hatte?« Sven schüttelte den Kopf. »Erscheint mir zu weit hergeholt.«

»Der Intendant, der seine Entscheidung zugunsten von Rohde bereute? Vielleicht hat Kupfer mit dieser Einschätzung ja recht«, sagte Sina. »Erinnere dich daran, wie sehr Weiss darauf erpicht ist, die Sylter Bühne zu einem Erfolg zu machen.«

»Meinst du, der würde so weit gehen zu denken, schlechte Publicity sei besser als gar keine Publicity?«

Sven klang skeptisch.

Trotzdem schrieb Sina den Namen Gregor Weiss in die Zeile unter dem Fragezeichen. »Das ist gar keine schlechte Idee, Sven«, meinte sie. »Publicity oder ihm war klar geworden, dass Rohde kein sonderlich guter Schauspieler ist und wollte ihn loswerden.«

»Dann hätte er doch einfach den Vertrag lösen können«, sagte Sven. »Da bringt man doch niemanden um.«

Sina schnippte mit den Fingern. »Wir hätten uns den Arbeitsvertrag durchlesen sollen. Ist es in der Unterhaltungsbranche nicht üblich, dass man eine Vertragsstrafe zahlen muss, wenn man einseitig ein Engagement vorzeitig beenden will?«

Sven zuckte mit den Achseln. »Da bin ich überfragt.« Er runzelte die Stirn. »Weiss wohnt nicht weit von hier. Er hätte also problemlos später am Abend noch einmal ins Theater kommen können. Er hat auch sicher einen Schlüssel für den Bühneneingang. Darauf, dass der ausnahmsweise nicht abgeschlossen sein würde, hätte er sich nicht verlassen müssen.«

Sina strich sich über das Kinn, dachte nach. »Aber er hat ausgesagt, dass seine Ehefrau bezeugen könne, dass er den ganzen Abend daheim war.«

Sven klopfte auf die Tischplatte und stand auf. »Ein Alibi, das wir aber noch nicht überprüft haben.«

Sina sah zu ihrem Kollegen auf. »Dann sollten wir das schnellstmöglich nachholen.«

***

Gregor Weiss und seine Ehefrau wohnten tatsächlich keine zehn Minuten Fahrt von der Sylter Bühne entfernt in einem schmucken Friesenhäuschen mit großem Garten. Während Sina und Sven sich im Theater aufgehalten hatten, hatte es zu nieseln begonnen, doch trotz des unwirtlichen Wetters machte das Haus einen einladenden, heimeligen Eindruck.

Das muss einer von den beiden geerbt haben, so etwas gibt es doch heute nur noch für absolute Unsummen zu kaufen, dachte Sina.

Auf ihr Klingeln öffnete eine Frau in den Fünfzigern, die hellblonden Haare auf Kinnlänge gestutzt, dezent, aber sorgfältig geschminkt. Sie trug einen legeren hellbraunen Pullover und schwarze Hosen.

Als Sina und Sven sich auswiesen, trat sie einen Schritt zurück, um sie einzulassen. »Mein Mann ist aber noch bei der Arbeit«, sagte sie.

»Das wissen wir«, meinte Sina. »Wir wollten uns mit Ihnen unterhalten. Es geht um den Abend vor drei Tagen.«

»Kommen Sie doch bitte durch ins Wohnzimmer«, sagte Frau Weiss. »Möchten Sie etwas trinken? Einen Tee vielleicht?«

Sina hätte an diesem nasskalten Herbsttag liebend gerne einen heißen Tee gehabt, doch sie wollte auch so schnell wie möglich zurück aufs Revier, also lehnte sie dankend ab.

Den Tee koche ich mir nachher selbst. So lange kann ich gerade noch warten.

»Wir wollen Sie gar nicht lange aufhalten. Können Sie uns bitte sagen, um welche Uhrzeit Ihr Ehemann am fraglichen Abend nach Hause kam?«

Eine winzige Falte erschien zwischen den Augenbrauen von Frau Weiss. »Ganz exakt kann ich Ihnen das nicht sagen. Wir essen in der Regel so gegen sieben zu Abend. Da war er auf jeden Fall schon zu Hause.« Die Falte vertiefte sich. »Das war der Abend, an dem es so schrecklich gestürmt hat. Ja, er war mindestens eine halbe Stunde vor dem Abendessen zu Hause, da bin ich mir sicher.«

»Sie haben dann also gegessen und anschließend? Hat Ihr Mann das Haus noch einmal verlassen?«, fragte Sina.

»Nein, natürlich nicht. Nach dem Abendessen haben wir es uns hier im Wohnzimmer gemütlich gemacht. Wir haben Tee mit Rum getrunken und uns über den vergangenen Tag unterhalten. Das ist ein kleines Ritual für uns nach dem Abendessen.« Sie lächelte. »Wenn es kalt ist, gibt es Tee mit Rum, im Sommer einen leichten Weißwein.«

»Sie haben den ganzen Abend gemeinsam hier im Wohnzimmer verbracht?«

Die Ehefrau des Intendanten schüttelte den Kopf. »Nein, ich habe mir dann einen Film angesehen und Gregor zog sich in sein Arbeitszimmer zurück. Er hatte ziemliche Sorgen wegen der Inszenierung, die gerade geprobt wurde. Er hatte mir erzählt, da läge einiges im Argen.« Sie strich sich mit einer Hand über die Hose, entfernte einen für Sina nicht sichtbaren Fussel. »Ich mag es gar nicht, wenn er abends noch daheim arbeitet, aber ich sehe ein, dass das manchmal notwendig ist. Er hat nun mal einen etwas speziellen Job.«

»Wie lange hielt Herr Weiss sich denn in seinem Arbeitszimmer auf?« Sina war gespannt auf die Antwort. Hatte Gregor Weiss vielleicht doch das Haus verlassen, ohne dass seine Ehefrau es bemerkt hatte?

»Ungefähr eine Stunde würde ich sagen. Er hat sich dann noch das Ende des Spielfilmes mit mir angesehen, dann haben wir die Spätnachrichten geschaut und sind zu Bett gegangen.«

Eine Stunde würde locker ausreichen, um zum Theater zurückzukehren, unbemerkt durch den Bühneneingang zu schlüpfen, den Dolch auszutauschen und wieder nach Hause zu fahren.

Sina sah sich um. »Wo befindet sich denn das Arbeitszimmer Ihres Mannes?«

Frau Weiss schien zu zögern. »Ich weiß nicht, ob ich Sie da in seiner Abwesenheit ...«

Sina hob eine Hand. »Keine Angst, wir wollen uns nicht im Raum selbst umschauen. Ich möchte nur wissen, wo das Zimmer liegt. Ist es hier im Erdgeschoss oder im ersten Stock?«

Sinas Gesprächspartnerin zögerte noch immer. »Wollen Sie andeuten, dass er das Haus noch einmal verlassen hat? Das halte ich für ausgeschlossen.«

»Ich möchte gar nichts andeuten«, sagte Sina kühl. »Aber bei den Ermittlungen in einem Mordfall muss ich alle Möglichkeiten ausloten.«

Frau Weiss öffnete den Mund, verharrte einen Moment, bevor sie sprach. »Das Arbeitszimmer befindet sich im ersten Stock. Ich bin mir ganz sicher, dass ich gehört hätte, wenn er die Treppe heruntergekommen wäre.«

Sina lächelte. »Vielen Dank, das war auch schon alles, was wir wissen wollten.«

Die Ehefrau des Intendanten brachte Sina und Sven zur Tür. Dabei ließ Sina den Blick in Richtung Treppe gleiten. Wäre es wirklich so unmöglich, sich unbemerkt aus dem Haus zu schleichen?

Wenn sie ferngesehen hat, hat sie der Diele den Rücken zugekehrt. Selbst wenn die Tür offen gestanden hätte, sie hätte gar nichts sehen können. Und hören? Bei möglicherweise voll aufgedrehtem Fernseher? Auch eher unwahrscheinlich.

Nein, Gregor Weiss schied für Sina noch lange nicht als Verdächtiger aus.

***

»Der Requisitenhändler aus Hamburg hat gemailt«, sagte Sven, kaum dass er durch die Tür zu Sinas Büro war. Er hielt ihr einen Ausdruck hin. »Sie haben den echten Dolch definitiv nicht angefertigt, sie machen keine Spezialanfertigungen. Sie stellen auch die Requisitenwaffen, die sie verkaufen, nicht selbst her, sondern beziehen sie von verschiedenen Herstellern.«

»Verschiedene Hersteller, das klingt so, als gäbe es die wie Sand am Meer«, sagte Sina und überflog die ausgedruckte E-Mail.

Sven blies die Backen auf. »Das scheint tatsächlich der Fall zu sein. Ich fürchte, alle Firmen und Einzelpersonen, die Stichwaffen herstellen, abzuklappern, ist kein Ansatz. Das ist ein Ding der Unmöglichkeit, damit wären wir Jahre beschäftigt.«

Sina wandte sich ihrem Computer zu und rief ein Foto der Tatwaffe auf den Bildschirm. Der Dolch hatte eine zweischneidige, etwa 15 Zentimeter lange Klinge. Sein Griff wurde von einem hübsch verzierten, bronzefarbenen Knauf gekrönt.

»Es wird wohl darauf hinauslaufen, dass wir die Öffentlichkeit einschalten müssen«, sagte Sven.

Sina nickte. »Ja, sieht so aus. Aber ich möchte trotzdem noch ein wenig abwarten. Wenn wir bis morgen keine anderen Hinweise haben, die uns zum Täter führen könnten, kontaktieren wir die Medien. Sobald wir das getan haben, werden wir uns vor Anrufen und Mails nicht mehr retten können. Dafür haben wir nicht die Ressourcen.«

»Länger als bis morgen sollten wir aber wirklich nicht mehr warten«, meinte Sven. »Wir haben nicht mehr allzu viele Ansatzpunkte. Hoffentlich taucht Natalie Drewes bald wieder auf, vielleicht kann die uns weiterhelfen.«

Natalie Drewes, an die hatte Sina in den letzten Stunden kaum gedacht. Sie verspürte ein leicht schlechtes Gewissen deswegen. »Haben die Kollegen aus Dänemark sich in der Zwischenzeit gemeldet?«

Sven schüttelte den Kopf. »Nein, leider noch nicht.«

Sina biss sich auf die Lippe. Könnte Sven recht haben und die Dramaturgin könnte einen Beitrag zur Aufklärung dieses verzwickten Falles leisten?

Oder ist sie nur abgetaucht, weil ihre Nerven die Belastung nicht ausgehalten haben? Wenn sie wirklich Gefühle für Rohde hegte, muss sein gewaltsamer Tod vor ihren Augen ein gewaltiger Schock gewesen sein. Ein Schock, den sie anders als Christine Lorenzen und Selina Engels verbergen musste.

Sina musste wieder daran denken, was Jan zu ihr gesagt hatte. Sie konnte in Sachen Drewes nichts erzwingen, sie musste abwarten, bis die dänischen Kollegen sie fanden.

Entschlossen schob sie den Gedanken an die Dramaturgin beiseite. Stattdessen blätterte sie durch ihren Notizblock.

»Wie sieht es mit der Produktionsfirma der Hafenwache aus? Du wolltest dort noch einmal anrufen.«

Sven machte auf dem Absatz kehrt. »Das ist der nächste Punkt auf meiner Aufgabenliste.«

Sina griff nach ihrer Teetasse, stand auf und folgte

Sven in dessen Büro. »Stell auf Lautsprecher, ich möchte mithören.«

»Es ist aber gar nicht gesagt, dass ich heute mehr Glück habe«, meinte Sven, den Hörer schon in der Hand.

»Dann geh ich halt wieder«, grinste Sina und nahm einen Schluck Tee.

Sven grinste zurück und tippte eine Nummer, die er von einem Post-it ablas, das am Rande seines Computermonitors klebte.

Er hatte mehr Glück als bei seinem ersten Versuch. Geschäftsführer Jochen Rütte war nicht nur im Büro, er hatte auch kein Meeting und so wurde Sven sofort durchgestellt.

»Rütte«, bellte eine tiefe Stimme aus dem kleinen Lautsprecher.

Ist der immer so barsch? Sina stellte ihre Teetasse beiseite und beugte sich ein wenig vor, um nur ja kein Wort des Telefonats zu verpassen.

Sven stellte sich vor und erwähnte, dass er das Gespräch auf Lautsprecher gestellt hatte, damit seine Vorgesetzte mithören könne.

»Es geht um Marc Rohde. Wie Sie sicher bereits den Medien entnehmen konnten, wurde er vor einigen Tagen hier auf Sylt ermordet.«

»Schreckliche Sache«, erwiderte Rütte. »Ja, ich habe darüber gelesen.« Jetzt klang seine Stimme etwas weniger barsch.

Sonderlich erschüttert klingt er trotzdem nicht, dachte Sina.

»Wir recherchieren Marc Rohde und sein Umfeld«, erklärte Sven. »Dazu wüssten wir gerne von Ihnen, warum Rohdes Engagement bei der Hafenwache seinerzeit endete.«

Kurzes Schweigen am anderen Ende der Leitung. Dann sprach Rütte mit leiser Stimme weiter, von seiner ursprünglichen Schroffheit war nichts mehr zu hören. »Unangenehme Sache damals. Wir hatten alle Mühe, das Ganze aus den Medien zu halten.«

Was kommt jetzt? Sina hielt unwillkürlich den Atem an.

»Eine der Maskenbildnerinnen wollte Rohde wegen sexueller Belästigung am Arbeitsplatz anzeigen. Hat uns eine satte Stange Geld gekostet, das zu verhindern. Dazu viele gute Worte, um die Frau zu beruhigen. Wenn das durch die Medien gegangen wäre, hätte das eine immense Rufschädigung für uns und unsere Serie bedeutet. Von Rohde mussten wir uns natürlich trennen. Der war nach dieser Sache nicht mehr tragfähig.«

Sina kniff die Augen zusammen. *Rohde belästigt eine Mitarbeiterin und die Produktionsfirma hat nichts Besseres zu tun, als sich Sorgen um den Ruf des Unternehmens zu machen?*

Sven kritzelte Notizen auf einen Block. »Das war kurz vor Ausscheiden Rohdes aus der Serie? Könnten Sie mir das genaue Datum der Vertragsauflösung nennen?«

»Wir haben noch die damals laufende Staffel mit ihm abgedreht. Die Maskenbildnerin hatten wir bei voller Lohnfortzahlung freigestellt. Das waren knapp zwei Monate.« Tastenklappern drang aus dem Telefonlautsprecher. »Den Vertrag gelöst haben wir am zweiten September 2019. Rohdes letzter Drehtag war dann am 31. Oktober.«

Sina schüttelte den Kopf. Nicht nur, dass die Belästigung der Maskenbildnerin nicht ernst genommen worden war, Rohde hatte sogar noch zwei Monate weiterarbeiten dürfen.

Sven notierte sich die Daten. »Würden Sie mir bitte den Namen und die Kontaktdaten der Maskenbildnerin geben?«

»Freya Miller. Sie arbeitet immer noch für uns«, sagte Rütte. Dann rasselte er eine Telefonnummer herunter und gab Sven auf Nachfrage auch noch eine E-Mail-Adresse.

Sven bedankte sich und beendete das Gespräch. Dann sah er Sina mit hochgezogener Braue an.

»Sieht so aus, als sei die Me-Too-Bewegung noch nicht bei Hamburger TV-Produktionsgesellschaften angekommen«, sagte er.

»Genau mein Gedanke«, meinte Sina. »Dieser Rütte klang, als sei er auch noch stolz darauf, dass sie Rohde und nicht die Maskenbildnerin gefeuert haben.«

Sven legte den Finger auf die E-Mail-Adresse, die er gerade erhalten hatte. »Die Dame hat eine eigene Website, wollen wir da mal einen Blick drauf werfen, bevor ich sie anrufe?«

Sina nickte. »Ja, da können wir uns einen ersten Eindruck von ihr verschaffen.«

Die Website, die sie wenig später auf Svens PC-Monitor betrachteten, war jedoch denkbar unpersönlich gehalten. Sie listete die Berufserfahrung von Freya Miller auf, gab Infos zu Ausbildung und zu Produktionen, bei denen sie gearbeitet hatte.

»Sie hat nicht einmal ein Foto von sich hochgeladen«, meinte Sven. »Wie alt sie ist, steht hier auch nirgends.«

»Versuch's mal bei Google«, meinte Sina. »Auch wenn es nicht wirklich wichtig ist, wie sie aussieht und wie alt sie ist. Die große Frage, die sich uns jetzt stellt, ist doch, ob die Belästigung durch Rohde ein ausreichendes Mordmotiv ist. Für Freya Miller selbst oder für jemanden, der ihr nahesteht und von der Belästigung weiß.«

»Stimmt, Einzelheiten zu Millers Person sind nicht wichtig. Wahrscheinlich bin ich einfach nur neugierig«, sagte Sven und griff erneut zum Telefonhörer. Auch dieses Mal stellte er auf Lautsprecher, doch nach dem zweiten Klingeln meldete sich ein Anrufbeantworter.

»Wahrscheinlich ist sie an irgendeinem Drehort«, sagte Sina, als Sven auflegte, ohne eine Nachricht zu hinterlassen.

»Ein weiterer Punkt für die Liste zu erledigender Aufgaben«, murmelte Sven.

Sina stand auf und pochte mit den Fingerknöcheln auf die Schreibtischplatte. »Aber das hat Zeit bis morgen. Lass uns für heute Feierabend machen.«

***

Sina hatte kurz mit Jan telefoniert und ihm erklärt, dass sie den heutigen Abend für sich sein wollte. »Mir gehen so schrecklich viele Ding im Kopf herum, ich wäre keine gute Gesellschaft.«

»Denk an das, was ich dir gestern gesagt habe«, ermahnte Jan sie. »Lass dich von Dingen, die du nicht beeinflussen kannst, nicht übermäßig fertig machen.«

Sina seufzte bei der Erinnerung an diesen Teil ihres Telefongespräches. *Wenn das nur so leicht wäre.*

Denn natürlich verweilten ihre Gedanken trotz des Glases Wein, das sie sich eingeschenkt hatte, und trotz des Spielfilms, den sie auf ihrem Laptop streamte, bei Natalie Drewes und den Befragungen des heutigen Tages.

Sina stellte das Weinglas weg und pausierte den Film. Auf dem Bildschirm fror Ryan Gosling mitten in der Bewegung ein, wodurch er unfreiwillig komisch wirkte.

Ich lese mir jetzt noch einmal die Notizen durch, die ich heute gemacht habe, schreibe dann alles auf, was mir durch den Kopf geht, und dann ist wirklich Feierabend. Dann entspanne ich mich und denke erst morgen wieder an den Fall.

Mit diesem Vorsatz stand Sina auf und holte ihren Notizblock aus der Handtasche. Zurück vor dem Laptop öffnete sie ein Textverarbeitungsprogramm und schrieb einige ihrer Gedanken nieder. Ihre persönliche Einschätzung über die passiv-aggressive Art von Corbinian Kupfer, die scheinbare Offenheit von Robert Voss, ihre Sorgen bezüglich Natalie Drewes.

Dabei blätterte sie durch ihren Notizblock, las ihre Notizen, machte sich Gedanken darüber, ob wirklich Freya Miller oder jemand aus deren Umfeld zum erweiterten Kreise der Verdächtigen gehören könnte.

Ich kann mir nicht vorstellen, wie das funktionieren sollte. Sven und ich sind uns ja bereits einig, dass es jemand gewesen sein muss, der problemlos Zugang zur Sylter Bühne hatte. Das wäre bei Miller nur dann zutreffend, wenn sie jemanden kennt, der hier arbeitet.

Sina schlug eine weitere Seite in ihrem Block um, sah, dass sie bis zu den Notizen über das Gespräch mit Katja Haase zurückgeblättert hatte. Ihr Blick blieb an einem Satz hängen.

Moment mal, woher wusste Drewes das?

Katja Haase hatte Sina am Telefon erzählt, dass

ihre Freundin über Christine Lorenzens Schwangerschaft gesprochen hätte. Doch Lorenzen selbst hatte Sina und Sven gegenüber behauptet, sie hätte es noch niemandem gesagt.

Ich kann mich ganz genau erinnern, dass sie meinte, außer Selina wisse niemand Bescheid. Woher also wusste Natalie Drewes, dass Marc Rohdes Freundin ein Kind von ihm erwartet?

Sina zog einen Kreis um die betreffende Stelle in ihren Notizen.

Sobald Natalie Drewes gefunden wird, muss ich sie danach fragen. Hat sie wie Selina auch aus weiblicher Intuition einfach nur erahnt, dass die Kostümbildnerin schwanger ist? Hat sie zum Beispiel mitbekommen, dass Lorenzen morgens übel war? Oder hat sie ein Gespräch mit Selina belauscht? Sie muss sich auf jeden Fall sehr sicher gewesen sein, sonst hätte sie mit Katja nicht darüber gesprochen.

Sina machte sich Notizen, um diesen Punkt nicht zu vergessen. Kurz überlegte sie, Christine Lorenzen zu fragen, wie die Dramaturgin von ihrer Schwangerschaft erfahren haben könnte. Diesen Gedanken verwarf sie jedoch sofort wieder.

Damit rege ich sie nur unnötig auf. Wahrscheinlich ist dieser Punkt auch gar nicht wichtig.

Sie unterdrückte ein Gähnen.

Viel wichtiger ist jetzt, dass Drewes wohlbehalten wieder auftaucht.

Kapitel fünf

Sina gab einen Schuss Milch in ihren Tee und sah zu, wie sich hellbraune Wölkchen bildeten. Es war kurz vor neun Uhr und sie wartete auf Sven. Der sollte gleich als Erstes noch einmal versuchen, Freya Miller telefonisch zu erreichen.

Um die Wartezeit sinnvoll zu nutzen, zog Sina ihre Skizze des Theaters aus der Schublade, in der sie eingetragen hatte, wer sich kurz vor dem Mord an Marc Rohde wo aufgehalten hatte.

Während sie an ihrem Tee nippte, starrte sie auf diese Zeichnung, auf die vielen Namen, Pfeile, Notizen.

Ein Klopfen ließ sie aufblicken. Sven stand im Türrahmen. »Moin, Sina. Womit fangen wir heute an?«

»Mit dem erneuten Versuch, Freya Miller zu erreichen«, antwortete sie.

Sven trat an ihren Schreibtisch und sah auf die Zeichnung. »Was ist das denn?«

»Da habe ich versucht, darzustellen, wer sich wann wo aufgehalten hat. Ist ein wenig unübersichtlich geraten.«

Sven lachte gutmütig. »Ein wenig unübersichtlich? Das scheint mir die Untertreibung des Tages zu sein. Aber der Tag ist ja noch jung.« Er deutete auf Sinas Skizze. »Wie wäre es, wenn du dem Ganzen ein wenig Farbe gibst? Zeichne jede Person in einer anderen Farbe ein, vielleicht hilft das.«

Svens Idee gefiel Sina. Sie zog ihre Schublade auf, die jedoch neben Kugelschreibern nur einige Textmarker in verschiedenen Neonfarben enthielt. »Das muss reichen«, sagte sie, als sie Svens Blick bemerkte. »Mit Wachsmalkreiden kann ich natürlich nicht dienen.«

Sorgfältig zog sie die Pfeile in verschiedenen Farben nach. Dann seufzte sie. »Sieht auch nicht besser aus.«

Sven beugte sich vor und musterte die Zeichnung. »Warum sind das nur sechs Farben und nicht sieben?«

»Marc Rohde habe ich nicht eingezeichnet, weil den konnte ich ja nicht mehr fragen, wo er war. Selina hat ja ausgesagt, er hätte verkündet, er müsse aufs Klo.«

»Stimmt, das fand sie so geschmacklos.« Sven tippte mit dem Zeigefinger auf das Kästchen, das Sina mit *WC* markiert hatte.

Sina blies die Backen auf. »Den trage ich da jetzt nicht ein. Die Zeichnung sieht sowieso schon aus wie das Kunstwerk eines ambitionierten Kindergartenkindes. Die bringt uns überhaupt nicht weiter.« Sie stellte die Teetasse weg und deutete auf einen der zahlreichen, jetzt farbigen Pfeile. »Was, wenn Lorenzen gelogen hat und statt eines Schokoriegels den echten Dolch aus der Werkstatt geholt hat? Was, wenn Voss den echten Dolch im Aufenthaltsraum versteckt hatte und ihn nach dem kurzen Gespräch mit Drewes aus diesem Versteck holte? Wenn Kupfer den Dolch in der Nähe des Bühneneingangs versteckt hatte?«

»Der Täter muss den Dolch doch noch nicht einmal versteckt haben«, sagte Sven. »So groß ist er schließlich nicht. Er könnte ihn auch in einer Jackentasche gehabt haben.«

»Oder mit Klebestreifen unter der Kleidung am Körper befestigt«, fügte Sina hinzu. »Dann wäre sogar Selina Engels im Rennen, deren Kostüm ein

Nachtgewand ohne Taschen war.«

Nachdenklich betrachtete Sven die schematische Darstellung. »Trotzdem wäre es interessant zu wissen, ob das, was uns die einzelnen Beteiligten erzählt haben, eigentlich zusammenpasst.«

Sina sah ihren Kollegen fragend an. »Klingt fast so, als hättest du da eine Idee?«

Sven nickte. »Die habe ich tatsächlich. Wir bitten alle Beteiligten ins Theater und stellen ihre Bewegungen und Interaktionen im fraglichen Zeitraum nach. Für Natalie Drewes und Marc Rohde benötigen wir natürlich Stellvertreter.«

Sina tippte sich mit dem Zeigefinger gegen das Kinn. »Deine Idee gefällt mir. Die sollten wir gleich in die Tat umsetzen.«

»Aber zuerst rufen wir noch mal in Hamburg bei Frau Miller an.«

***

Dieses Mal sprang nach dem zweiten Klingeln nicht der Anrufbeantworter an. Stattdessen meldete sich eine verschlafen klingende weibliche Stimme.

»Polizei? Aus Sylt?«, fragte sie, nachdem Sven sich und Sina vorgestellt hatte. »Soll das ein Scherz sein?«

»Nein, durchaus nicht. Sie können uns gerne hier auf dem Polizeirevier zurückrufen. Ich kann Ihnen die Nummer geben.«

Freya Miller räusperte sich. »Nein, nein, schon gut. Ich bin ein wenig groggy, hatte einen Nachtdreh. Worum geht es denn?«

»Sie haben vielleicht bereits in den Nachrichten gehört oder gelesen, dass der Schauspieler Marc Rohde vor einigen Tagen hier auf Sylt getötet worden ist.«

»Rohde? Ernsthaft?« Jetzt klang die Stimme deutlich wacher. »Das ist mir neu. Sie machen sicher keine Scherze? Moment kurz.« Es klapperte, so als sei das Telefon abgelegt worden.

Sven sah Sina stirnrunzelnd an. Die zuckte mit den Schultern. »Vielleicht braucht sie erst einen Kaffee. Aufgelegt hat sie ja nicht, die kommt wieder.«

Sina behielt recht. Nach einer kurzen Wartezeit meldete Freya Miller sich wieder. »Okay, ich habe mein Handy geholt. Ich schau das mal eben nach.«

Geduldig warteten Sina und Sven. Es dauerte keine zwanzig Sekunden und Freya Miller machte ihrem Erstaunen lauthals Luft. »Der ist erstochen worden? Bei den Proben? Das gibt's doch gar nicht.«

»Leider doch«, sagte Sven. »Sie können sich sicher vorstellen, was der Grund unseres Anrufes ist.«

»Jemand hat Ihnen gesteckt, dass ich Rohde vor ein paar Jahren anzeigen wollte, stimmt's?«

Sven bestätigte dies, ohne Rüttes Namen zu nennen. »Wir wissen auch, dass Marc Rohde deswegen seine Rolle in der Hafenwache verlor.«

Ein Schnauben drang aus dem Lautsprecher des Telefons. »Damit ist der noch billig weggekommen, wenn Sie mich fragen. Wenn ich an die Öffentlichkeit gegangen wäre, wäre er komplett erledigt gewesen. Dann hätte der doch nicht mal mehr auf Helgoland ein Engagement bekommen.«

So verächtlich wie sie über Rohde spricht, bereut sie ihre damalige Entscheidung wahrscheinlich, dachte Sina.

»Wir würden gerne von Ihnen wissen, ob Sie damals die Einzige waren, die Probleme mit Rohde hatte«, sagte Sven.

»Tja, das ist jetzt wahrscheinlich Auslegungssache«, meinte die Maskenbildnerin.

»Wie meinen Sie das?«

»War ich die Einzige, die sich gegen Rohdes ständige Anzüglichkeiten, die lüsternen Blicke und das Betatsche gewehrt hat? Soweit ich weiß, ja. War ich die einzige Frau am Set, bei der er mit seiner billigen Anmache versucht hat zu landen? Nein, war ich nicht.« Sie atmete tief durch. »Aber da gab es halt auch welche, die sind da drauf abgefahren. Fanden es toll, dass der ach so berühmte Herr Schauspieler sich für sie interessierte.«

Wie ging noch mal der alte Spruch? Ein Leopard ändert seine Flecken nicht, dachte Sina. *Der Schock über den Rauswurf bei der Serie hat wohl bei Rohde nicht lange nachgewirkt. Hier auf Sylt zumindest hat er sich ganz genauso benommen, wie Miller das beschreibt.*

»Könnten Sie sich vorstellen, dass Rohdes Fehlverhalten so weit ging, dass ihn jemand deswegen getötet hat?«

Jetzt schwieg die Maskenbildnerin aus Hamburg. Das unverwechselbare Geräusch eines Feuerzeuges erklang, dann machte sie einen tiefen Atemzug. »Wegen den Sprüchen und dem Gegrabsche sicher nicht. Aber dem hätte ich auch zugetraut, dass er weitergeht. Er war definitiv einer von der Sorte, der die Bedeutung des Wortes Nein nicht kennt.«

Sina sah Sven an, der den Kopf ein wenig schräg gelegt hatte und zu überlegen schien. »Sie arbeiten immer noch für die Hafenwache?«, stellte er schließlich seine nächste Frage.

»Ja, die haben mir eine nette Gehaltserhöhung gegeben. Bin ich stolz darauf, dass ich mich habe kaufen lassen? Nein, sicher nicht. Aber ganz ehrlich, als Maskenbildnerin bei einer Vorabendserie verdient man nicht so dicke. Hamburg ist teuer. Ich habe einfach das Geld gebraucht.« Sie lachte freudlos auf. »Und so gut wie die Serie läuft, ist das einfach ein sicherer Job auf lange Sicht. Wir drehen gerade die zwölfte Staffel.«

»War der Nachtdreh, den Sie vorhin erwähnten, auch für die Hafenwache?«, fragte Sven.

»Ja, ganz genau. Wir drehen seit drei Wochen. Das geht jetzt noch vier Monate so weiter, dann ist wieder Pause.«

Sven warf Sina einen fragenden Blick zu. Sie formte mit den Lippen die Worte *das reicht mir*.

Sven bedankte sich bei Freya Miller und legte auf. Sofort zog er die Tastatur seines PCs zu sich heran und nahm eine kurze Internetsuche vor.

»Sie hat die Wahrheit gesagt. Auf der Website der Produktionsgesellschaft steht das Datum des Drehbeginns für die neue Staffel.« Er zeigte auf den Bildschirm. »Da ist auch eine Namensliste der Crew. Freya Miller steht drauf.«

»Das heißt, sie war garantiert nicht vor ein paar Tagen auf Sylt«, meinte Sina. »Aber das mögliche Motiv, dass sich jemand an Rohde rächen wollte, weil der ein Nein nicht akzeptieren wollte, sollten wir im Auge behalten.« Sie stand auf. »Aber lass uns jetzt auf deine Idee von vorhin zurückkommen. Eine Nachstellung der Abläufe im Theater.«

***

Es hatte ein wenig Überzeugungsarbeit bedurft, bis Sina den Intendanten der Sylter Bühne von ihrem

Plan überzeugt hatte. Doch dann hatte er der Kommissarin seine Unterstützung zugesagt.

So standen Sina und Sven nun auf der Theaterbühne, wo eigentlich die ersten Proben für Pygmalion stattfinden sollten. Stattdessen markierte ein Laken die Position des Bettes, in dem Marc Rohde gestorben war.

Wolf Burghardt, der Pförtner, diente als Ersatz für Marc Rohde, die Sekretärin von Gregor Weiss nahm Natalie Drewes' Stelle ein.

Sina bat zunächst alle Personen, die Positionen einzunehmen, die sie zu Beginn der Pause innehatten.

»Fangen wir mit Selina Engels an«, sagte Sina. »Sie war die Einzige, die das Auditorium nicht verlassen hat, das nachzuvollziehen ist also einfach.«

Selina tat so, als würde sie Anja etwas überreichen. Dann ging sie zum Bühnenrand und setzte sich, sodass sie auf die fast leeren Zuschauerränge blickte.

»Herr Kupfer, Sie gingen zum Bühneneingang«, fuhr Sina fort.

Der Regisseur stand in der Mitte der dritten Sitzreihe, gegen einen der Klappsitze gelehnt.

»Sind Sie über die Bühne gegangen oder durch die Tür im Auditorium?«, fragte Sina.

»Durch die Tür hier an der Seite natürlich. Das ist viel weniger umständlich, als erst auf die Bühne zu steigen.«

Sina stieg die Stufen an der Seite der Bühne hinunter. Gemeinsam mit Kupfer verließ sie das Auditorium. Sie kamen auf einen Gang, an dessen anderer Seite sich eine Garderobe für Theaterbesucher befand. Eine weitere Tür zu ihrer Linken trug die Aufschrift *Zugang nur für Mitarbeiter*. Durch diese Tür gelangten sie auf den Gang, von dem Werkstatt, Aufenthaltsraum und Mitarbeitertoiletten abgingen.

Sie gingen erst an der Treppe vorbei, die in den ersten Stock führte, dann an Wolf Burghardts Arbeitsplatz. Direkt vor dem Bühneneingang blieb Kupfer stehen.

»Ich bin wie gesagt nicht nach draußen gegangen, sondern habe nur die Tür geöffnet.« Der Regisseur demonstrierte, wie er die Tür mit einem Fuß offenhielt, während er so tat, als zünde er sich eine Zigarette an.

Sina sah den Gang entlang zurück. »Als Sie fertig geraucht hatten, sind Sie aber nicht den gleichen Weg zurückgegangen?«

Kupfer schüttelte den Kopf. »Nein, da bin ich dann doch über die Bühne gegangen. Als die Probe weiterging, blieb ich ja auch auf der Bühne stehen und setzte mich nicht wieder ins Publikum.«

»Warum haben Sie das getan?«, fragte Sina.

»Weil es der letzte Durchgang dieser Szene sein sollte. Ich wollte nah an den Schauspielern dran sein, damit ich jede Nuance sehen und gleich eingreifen konnte, falls ich etwas korrigieren wollte.«

»Gut, bleiben Sie bitte noch eine Weile hier stehen«, bat Sina.

Sie eilte den Gang zurück. Jetzt befand sich die Tür zur Bühne zu ihrer Rechten. Sie zog sie auf, stieg einige Stufen hinauf und erreichte so die Seitenbühne. Rechts stand der Requisitentisch, der heute allerdings leer war.

Sina trat auf die Bühne. In Gedanken ging sie ihre Skizze durch. »Frau Lorenzen, ich möchte mit Ihnen weitermachen.«

Christine nickte und trat auf Sina zu. »Sie standen

erst kurz mit Selina Engels und Marc Rohde zusammen.«

»Ja, dann bin ich in die Werkstatt gegangen.«

Sina bedeutete der Kostümbildnerin mit einer Geste voranzugehen. Sie gingen den gleichen Weg zurück, den Sina gerade erst gekommen war. Doch statt abzubiegen und auf den Bühneneingang zuzugehen, betraten sie die Werkstatt, die der Tür zur Bühne direkt gegenüberlag.

Christine Lorenzen ging zielstrebig auf den Bereich zu, welcher der Kostümabteilung vorbehalten war. Sie deutete auf einen Tisch. »Da lag meine Handtasche. Ich habe mich also an diesen Tisch gesetzt und den Schokoriegel aus der Tasche geholt. Danach bin ich zu den Kleiderständern gegangen.«

»Als Sie die Werkstatt betraten, haben Sie da Richtung Bühneneingang gesehen?«

»Ja, da stand Corbinian und hat geraucht.«

Wunderbar, das passt zusammen.

Sina bat Christine, in der Werkstatt zu warten, bis sie zurückkäme.

Wieder kehrte sie auf die Bühne zurück und trat an die Rampe, um mit Robert Voss und der Sekretärin, die als Ersatz für Natalie Drewes eingesprungen war, zu sprechen.

»Herr Voss, wie lange waren Sie allein im Aufenthaltsraum, bevor Frau Drewes hinzukam?«

Der Regieassistent antwortete ohne Zögern. »Nicht lange, keine Minute.«

Sina nickte der Sekretärin zu. »Warten Sie bitte ungefähr dreißig Sekunden und folgen Sie dann Herrn Voss in den Aufenthaltsraum.«

Sina beobachtete, wie Robert Voss den gleichen Weg nahm wie zuvor Corbinian Kupfer. Sie selbst ging über die Seitenbühne und traf auf dem Gang auf Voss. Gemeinsam gingen sie weiter.

Der Regieassistent deutete auf den Kühlschrank. »Ich wollte mir etwas zu trinken holen. Dann kam Natalie und fragte, wie lange die Probe wohl noch dauern würde.«

»Sie haben beide ausgesagt, Frau Drewes hätte sich wegen des Sturms Sorgen gemacht.«

»Genau.«

Die Tür öffnete sich und die Sekretärin betrat den Raum.

»Frau Drewes kann ich dies ja nun leider nicht fragen, aber haben Sie Herrn Kupfer am Bühneneingang stehen sehen?«, wollte Sina von Robert Voss wissen.

Der kniff kurz die Augen zusammen, so als wolle er sich die Szene wieder vor Augen rufen. »Ich habe nicht darauf geachtet. Ich bin zielstrebig zum Aufenthaltsraum gegangen, ich habe nicht auf meine Umgebung geachtet.«

»Haben Sie außer Natalie Drewes noch jemanden gesehen? Christine Lorenzen, wie sie in die Werkstatt ging oder wieder herauskam zum Beispiel?«

»Puh, daran kann ich mich wirklich nicht mehr erinnern. Ich habe darauf nicht geachtet, ich konnte ja nicht ahnen, dass das wichtig wird.«

»Warten Sie beide bitte hier, bis ich wiederkomme«, sagte Sina.

Jetzt fehlen nur noch Rohde und Jörden, dachte sie, als sie erneut auf die Bühne zurückkehrte.

Sven stand neben dem Pförtner und der Requisiteurin. Selina Engels saß am Bühnenrand.

»Frau Engels, Sie hatten sich bereits abgewandt, als Herr Rohde, Frau Lorenzen und Frau Jörden noch hier zusammenstanden, nicht wahr?«

Selina sah über die Schulter zurück. »Ja. Als Marc vollkommen überflüssigerweise verkündete, dass er auf die Toilette müsse, bin ich weggegangen.«

Sina sah den Pförtner an. »Das ist jetzt die Stelle, an der wir improvisieren müssen, da wir Herrn Rohde nicht mehr fragen können, was er tatsächlich getan hat. Wir müssen also davon ausgehen, dass er tatsächlich zur Herrentoilette gegangen ist. Würden Sie das bitte tun?«

Mit einem Nicken wandte Wolf Burghardt sich zur Seitenbühne und verschwand.

Sina sah Anja Jörden an. »Sie standen also als Letzte hier?«

»Ja, ich hatte noch den Dolch. Also den Requisitendolch. Den habe ich zum Requisitentisch gebracht.«

Sina streckte einen Arm in Richtung Seitenbühne aus. »Bitte.«

Anja setzte sich in Bewegung und blieb vor dem leeren Tisch stehen. »Ich habe den Dolch hier abgelegt. Dann ... dann habe ich einige der Requisiten, die noch hier lagen, genommen, um sie wegzuräumen.«

Sina sah Anja Jörden prüfend von der Seite an. Warum zögerte die Requisiteurin?

»Sie sagten, Sie hätten diese Requisiten in den Schrank in der Werkstatt gebracht.«

»Äh, ja, genau«, sagte Jörden.

»Dann gehen wir da jetzt hin.«

Langsam setzte Anja sich in Bewegung, Sina folgte ihr.

»Haben Sie Herrn Kupfer am Bühneneingang gesehen?«, fragte Sina, als sie den Gang überquerten.

Anja Jördens Kopf fuhr ruckhaft nach links. »Ja,

er stand da. Genau wie jetzt, aber mit dem Rücken zu mir. Ich glaube, er hat mich nicht gesehen.«

Die Requisiteurin legte die Hand auf die Klinke der Tür zur Werkstatt. Einen Moment hielt sie inne, dann drückte sie die Klinke nach unten und trat ein.

Christine drehte sich um. Auf ihrem Gesicht malte sich Verwunderung ab.

Sina sah von Christine zu Anja, auf deren Wangen rote Flecke erschienen waren.

»Stimmt etwas nicht?«, fragte Sina, obwohl sie schon ahnte, wie die Antwort auf diese Frage lauten würde.

»Ich habe Anja an dem Abend nicht hier in der Werkstatt gesehen«, sagte Christine. »Ich bin ihr auch nicht begegnet, als ich hier fertig war und ins Auditorium zurückgegangen bin.«

Mit hochgezogener Augenbraue sah Sina Anja an, die sich unter dem Blick der Kommissarin sichtlich unwohl fühlte. »Wie können Sie das erklären? Sie haben doch die Bühne nicht allzu lange nach Frau Lorenzen verlassen.«

Anja zog sich einen der Stühle heran, die an dem großen Tisch in der Mitte der Werkstatt standen, und setzte sich. »Ich war nicht in der Werkstatt«, sagte sie leise. Sie warf einen raschen Seitenblick zu Christine, die aufgestanden war und auf sie zukam. »Ich war in der kleinen Abstellkammer unter der Treppe.«

»Warum haben Sie das nicht gleich ausgesagt?«, fragte Sina.

»Ist doch klar«, mischte Christine Lorenzen sich ein. »Sie war dort nicht allein.«

Anja Jörden drehte den Kopf zur Seite, schwieg.

»Frau Jörden?«, hakte Sina nach. »Stimmt das?«

»Und Marc war nicht auf dem Klo«, sagte Christine. Ihre Stimme klang eisig.

»Frau Lorenzen, ich glaube, es wäre am besten …« Weiter kam Sina nicht.

Die Kostümbildnerin baute sich vor Anja Jörden auf und stemmte die Hände in die schmale Taille. »Du hast dich in der Pause mit Marc vergnügt.« Es war keine Frage, sondern eine Feststellung.

Ein kaum wahrnehmbares Nicken der Requisiteurin.

»Warum hast du ihn dann umgebracht? Lief eure kleine Liaison nicht so, wie du dir das vorgestellt hattest?«

Anja hob abwehrend beide Hände. »Ich habe ihn nicht umgebracht.«

»Die beste Gelegenheit, den Dolch nachmachen zu lassen und dann auszutauschen, hattest ja wohl du.« Christine Lorenzens Stimme wurde immer lauter.

Sina warf ihr einen raschen Seitenblick zu. Sollte sie eingreifen und die Kostümbildnerin beruhigen oder sollte sie den Dingen ihren Lauf lassen?

»Hör auf rumzuspinnen«, sagte Anja.

»Rumspinnen? Ich spinne, ja?« Jetzt brüllte Christine. »Du hattest die beste Gelegenheit und ein Motiv hattest du auch. Du warst eifersüchtig!« An Lorenzens Hals zeichneten sich die Sehnen ab, so angespannt war sie. »Du konntest ihn nicht haben, also hast du ihn getötet!«

Jörden sprang von ihrem Stuhl auf und bot der Kostümbildnerin die Stirn. »Ich konnte ihn nicht haben? Dass ich nicht lache! Und wie ich ihn gehabt habe!«

»Vielleicht hatte er ein paar Mal Sex mit dir, aber geliebt hat er mich«, schrie Christine. »Nur mich, hörst du?«

»Geliebt? Der hat doch niemanden geliebt außer sich selbst«, sagte Anja mit leiser, eiskalter Stimme.

Sina lief unwillkürlich ein Schauer über den Rücken.

»Das ist nicht wahr. Wir wollten heiraten.« Christines Stimme brach.

Anja schnaubte höhnisch. »Heiraten? Der hätte dich doch in tausend Jahren nicht geheiratet.«

»Ich glaube, das reicht jetzt«, sagte Sina bestimmt und trat zwischen die beiden Frauen, die sich hasserfüllt anstarrten. »Frau Jörden, wenn Sie sich bitte zu der erwähnten Abstellkammer begeben würden.«

Mit einem letzten höhnischen Blick wandte die Requisiteurin sich von Lorenzen ab und marschierte mit hoch erhobenem Kopf auf die Tür zu.

»Flittchen«, presste Christine hervor.

Anja wirbelte auf dem Absatz herum.

Sina trat vor und hob eine Hand. »Wie gesagt, das reicht jetzt.«

Endlich verließ die Requisiteurin den Raum. Sina atmete auf und sah Christine an. Deren Gesicht war immer noch gerötet, in ihren Augen glänzten Tränen.

»Alles in Ordnung?« Sina kam sich dumm vor, kaum dass sie diese Worte ausgesprochen hatte. Es war schließlich offensichtlich, dass es Christine ganz und gar nicht gut ging.

»Ich möchte bitte ins Hotel zurück«, sagte die Kostümbildnerin leise. »Ich will jetzt allein sein.«

Sina zögerte. Sie hatte Verständnis für Christines Wunsch, doch sie wollte auch so weit wie möglich Klarheit über die Vorgänge an dem verhängnisvollen Abend schaffen.

»In Ordnung, ich lasse Ihnen gleich ein Taxi rufen. Aber könnten Sie mir noch ein paar Fragen beantworten, während wir warten?«

Christine ließ sich auf den Stuhl sinken, auf dem Anja gesessen hatte. »Was denn noch?«

Sina überlegte, wie sie sich so knapp wie möglich fassen konnte. »Als Sie die Werkstatt wieder verließen, welchen Weg haben Sie da genommen?«

Lorenzen deutete auf die Tür hinter Sina. »Über die Bühne. Da sah ich Selina am Bühnenrand sitzen. Erst wollte ich mich neben sie setzen, aber dann bin ich doch runter in die erste Reihe. Selina sprang von der Bühne und stellte sich zu mir. Dann haben wir uns unterhalten.«

»Wer war zu diesem Zeitpunkt noch in der Nähe?«

»Niemand. Ein paar Minuten später kam Robert und setzte sich links neben mich. Als er zurückkam, bemerkte ich, dass Natalie ein Stück rechts von mir mit dem Rücken gegen die Bühne gelehnt dastand. Wann die reinkam, habe ich nicht bemerkt.«

Sina stellte sich die Gegebenheiten im Auditorium vor ihrem inneren Auge vor. »Das bedeutet dann wohl, dass Frau Drewes anders als Sie selbst nicht über die Bühne gegangen ist, weil da hätten Sie sie zumindest aus dem Augenwinkel sehen müssen.«

Christine Lorenzen nickte. Sie wirkte kraftlos, sämtlicher Energie beraubt. »Ja, das denke ich auch.«

»Sie selbst, Selina Engels, Robert Voss und Natalie Drewes befanden sich also direkt vor der Bühne. Was war mit den anderen drei?«

»Irgendwann kam Corbinian auf die Bühne und rief, dass es weitergeht. Da saß Marc schon wieder auf der Bettkante. Ich kann mich noch genau erinnern, dass Selina auf die Bühne ging, sich umsah und laut fragte, wo denn ihr Dolch sei.« Sie erschauerte bei dieser Erinnerung. »Darauf kam diese unsägliche Person Anja Jörden auf die Bühne gestürmt und drückte ihr die Waffe in die Hand.«

»Vielen Dank. Warten Sie einfach hier, bis das Taxi da ist«, bat Sina. »Kann ich Ihnen etwas zu trinken holen?«

Matt schüttelte Christine den Kopf. »Ich will einfach nur noch weg hier. Raus aus diesem Theater.«

Verständlich, dachte Sina, als sie, das Handy am Ohr, die Werkstatt verließ.

***

Robert saß immer noch in der ersten Sitzreihe des Zuschauerraumes und starrte blicklos auf die leere Bühne.

Ich wünschte, ich könnte mich besser erinnern.

Er wusste noch, dass er sich gefragt hatte, ob Christine schwanger war. Dann hatte er gesehen, dass Marc auf der Bühne auf dem Bett saß.

Dem habe ich ja sogar noch zugenickt. Meine Güte, das hatte ich ja auch komplett vergessen.

In Gedanken zählte er durch: Er selbst, Christine, Selina und Natalie. Dazu Marc auf der Bühne.

Da fehlten nur noch Corbinian und Anja. Die beiden kamen als Letzte zurück. Macht sie das besonders verdächtig? Robert schüttelte den Kopf. *Nein, denn wir haben alle keine Ahnung, wann der Dolch ausgetauscht worden ist. Das kann ja kurz nach Beginn der Pause geschehen sein.*

Das leichteste Spiel hätte natürlich Selina gehabt. Die war etliche Minuten ganz allein im Auditorium. Aber wo hatte sie den Dolch versteckt? Bei sich getragen haben kann sie ihn nicht, sie hatte nur ihr Kostüm an. Ein Nachthemd.

Robert stand auf, trat an den Bühnenrand, sah sich um.

Wenn ich es gewesen wäre, wo hätte ich den Dolch versteckt?

Er stellte sich das Bett vor, das in der Bühnenmitte gestanden hatte. Es war der einzige Teil des Bühnenbildes gewesen, das an diesem Abend aufgebaut worden war. Der Rest der Bühne war leer gewesen.

Nein, das stimmt nicht ganz. Links standen zwei Stühle, da hatte Corbinian seine Unterlagen abgelegt. Und am Nachmittag saß ich auch dort und habe ein paar Szenen beobachtet.

Robert legte die Hände auf die Bühne und stemmte sich hoch.

Unter dem Bett? Nein, wie hätte ich den Dolch dort denn unbemerkt ablegen können? Die Bühnenarbeiter haben morgens das Bett auf die Bühne gebracht, da hätte ich vor allen anderen da sein müssen.

Langsam ging Robert quer über die Bühne auf die Seitenbühne zu.

Ich glaube, ich hätte den Dolch in der Nähe des Requisitentisches versteckt.

Nachdenklich blieb Robert vor dem Tisch stehen.

Dolch vertauschen. Das bedeutet natürlich, dass ich nicht nur den echten Dolch aus seinem Versteck holen und ablegen muss, ich muss auch den Requisitendolch verschwinden lassen.

Seufzend schüttelte er den Kopf. *Ich hätte ihn gar nicht versteckt. Ich hätte ihn in der Jackentasche bei mir getragen. Das wäre am schnellsten gegangen.*

Er drehte sich wieder um, sah auf die Bühne.

Wenn der Mörder so ähnlich gedacht hat wie ich jetzt, dann wäre Selina aus dem Rennen. Die hatte keine Möglichkeit, einen Dolch am Körper zu tragen. Sie hat geprobt, dabei hätte ein Dolch sie behindert.

Noch einmal rief Robert sich seine Kollegen ins Gedächtnis. Was sie an jenem Abend für Kleidung getragen hatten, wie sie sich verhalten hatten.

Anja hatte die beste Gelegenheit. Die kam als Letzte zurück und sie war für den Dolch verantwortlich. Sie konnte ihn anfassen und durch die Gegend tragen, wie immer es ihr beliebte. Sie hätte ihn austauschen können, ohne dass es jemandem aufgefallen wäre.

Doch traute er der Requisiteurin wirklich einen Mord zu?

Nein, tue ich nicht. Ich traue keinem von uns einen Mord zu. Aber einer von uns war es. Nur wer?

Kopfschüttelnd wandte Robert sich zum Gehen. Seine Gedankenspiele führten zu nichts.

Als er auf die Tür zuging, die zur Seitenbühne führte, blieb er abrupt stehen.

Drehte sich noch einmal um.

Nein, das kann nicht sein, oder?

***

»Lass mich kurz zusammenfassen: Außer der Erkenntnis, dass Jörden mit Rohde rumgemacht hat, hat uns diese Aktion nichts gebracht«, sagte Sven.

Sina und ihr Kollege waren aufs Revier zurückgekehrt, wo sie jetzt in der Kaffeeküche standen.

Nachdenklich rührte Sina in ihrer Tasse. »Anja scheint die Einzige zu sein, die gelogen hat. Alle anderen Aussagen decken sich beziehungsweise bestätigen sich gegenseitig. Kupfer stand definitiv am Bühneneingang, Engels hat das Auditorium nicht verlassen, Voss und Drewes waren im Aufenthaltsraum.«

»Fast alle sind mindestens einmal an diesem Requisitentisch vorbeigelaufen«, meinte Sven. »Und auch Selina hätte sich unbemerkt dorthin begeben können, als sie allein war.«

»Ja, es sieht so aus, als sei Robert Voss tatsächlich der Einzige, der als Verdächtiger ausscheidet. Er ist nachweislich weder beim Rausgehen noch beim Zurückkommen über die Bühne gegangen. Bei Natalie Drewes wissen wir das nicht definitv, weil Engels nicht gesehen hat, wie sie gegangen ist. Auf dem Rückweg ist sie aber aller Wahrscheinlichkeit nach durch die Tür zum Zuschauerraum gegangen.«

»Wäre ja auch logischer, wenn man vom Aufenthaltsraum ins Auditorium will«, meinte Sven und schenkte sich Kaffee nach.

Sina starrte in die dunkelbraune Flüssigkeit in ihrer Tasse. »Wir haben also vier Verdächtige: Lorenzen, Jörden, Kupfer und Engels. Vielleicht auch Drewes. Dann wären es fünf.«

»Drewes, die immer noch abgängig ist«, meinte Sven.

»Die ein Motiv hätte, falls die Kränkung, dass der von ihr angehimmelte Marc Rohde keinerlei Interesse an ihr hatte, stark genug war, um deswegen einen Mord zu begehen«, sagte Sina. Sie seufzte. »Ganz ehrlich, das sehe ich einfach nicht. Nicht mit der ganzen Vorbereitung, die für den Mord notwendig war.«

Klappernd stellte Sina ihre Tasse ab. »Ich will alle Beteiligten überprüfen. Und zwar gründlich. Bis jetzt haben wir nur die Eckdaten ihrer jeweiligen Lebensläufe. Jetzt will ich alles wissen. Wo sie aufgewachsen sind, auf welche Schulen sie gegangen sind, wo sie gearbeitet haben und wen sie dabei alles kennengelernt haben. Vielleicht finden wir doch eine Querverbindung zu Rohde.«

»Oder zu Freya Miller. Die Theorie, dass jemand Freya rächen wollte, sollten wir nicht komplett aus den Augen verlieren.«

Sina nickte. »Freya oder eine andere Frau, die Rohde belästigt hat.«

Auch Sven stellte seine Kaffeetasse beiseite. »Was ist mit dem Medienaufruf wegen des Dolches?«

Sina seufzte. »Stimmt, das war ja auch noch eine Idee. Leier das an. Gleich morgen starten wir den Aufruf.«

Nachdenklich ging Sina mit langsamen Schritten in ihr Büro. *Wir bräuchten dringendst einen Durchbruch in diesem Fall, wir kommen überhaupt nicht von der Stelle. Und das, obwohl ich zu Beginn dachte, dass die Aufklärung mit den wenigen Verdächtigen, die wir haben, schnell gehen würde.*

***

Sina loggte sich aus der Datenbank aus. Dann sortierte sie die Ausdrucke, die sie in den letzten Stunden angefertigt hatte.

Das muss warten bis morgen. Jetzt habe ich mir meinen Feierabend redlich verdient.

Sie überlegte gerade, ob sie Jan anrufen sollte, als ihr Smartphone vibrierte. Sie griff danach, in der Annahme, dass Jan ihr zuvorgekommen war.

Doch dann sah sie die Nummer mit dänischer Vorwahl im Display. Sofort drückte sie auf den grünen Button zur Gesprächsannahme.

»Jensen hier, spreche ich mit Kommissarin Marten?« Die Stimme am anderen Ende hatte einen unüberhörbaren Akzent.

»Ja. Geht es um Natalie Drewes?«

»Ganz genau. Wir haben Frau Drewes in einer Pension in Sönderstrand angetroffen. Sie machte einen äußerst verstörten Eindruck. Wir würden sie gerne in ein Krankenhaus bringen lassen. Zurzeit befindet sich eine Beamtin bei ihr in der Pension.«

Sina unterdrückte einen Fluch und sah auf die Uhr. »Einen Moment, bitte.«

Sie lief rasch in Svens Büro, wo ihr Kollege genau wie sie selbst bis gerade eben über einer Datenbankabfrage brütete. »Wann geht die nächste Fähre nach Römö?«

Sven schreckte hoch, er hatte Sina wohl nicht kommen hören. Er sah auf seine Armbanduhr. »In knapp zwei Stunden.«

Zwei Stunden, dazu die Fahrtdauer von vierzig Minuten. Dann noch die Fahrt zur Pension.

Sina musste rasch eine Entscheidung treffen. »Wo befindet sich das nächste Krankenhaus?«

»Auf dem Festland, in Tondern. Wir könnten Frau Drewes in circa 40 Minuten dort hinfahren.«

Sina wog ab. Jetzt, da sie Natalie Drewes endlich gefunden hatten, galt die oberste Priorität deren Wohlbefinden. Ihr fiel wieder ein, dass Katja Haase bei der telefonischen Befragung erzählt hatte, dass Natalie einen Therapeuten auf Sylt hätte.

»Einen Moment, bitte«, bat Sina ihren dänischen Kollegen um Geduld. Dann wandte sie sich wieder Sven zu, der sie aufmerksam ansah.

»Wann fährt die nächste Fähre in die umgekehrte Richtung? Also von Römö zu uns?«

»Ungefähr in einer Stunde.«

Sina traf ihre Entscheidung. »Kollege Jensen, könnten Sie bitte veranlassen, dass Frau Drewes schnellstmöglich zurück nach Sylt gebracht wird. Sie hat hier einen Therapeuten, ich glaube, es wäre das Beste für sie, wenn sie von einer vertrauten Person betreut wird. Mein Kollege und ich werden sie in List am Hafen in Empfang nehmen.«

***

Die Dämmerung wich bereits der dunkelblauen Nacht, als die letzte Fähre von Römö im Lister Hafen anlegte. Sina und Sven hatten auf dem Parkplatz direkt am Fähranleger geparkt. Da sie noch ein wenig Zeit hatten, waren sie rasch zu Gosch gegangen, um sich etwas zu essen zu kaufen.

Der Abend wird lang, da brauche ich jetzt eine Stärkung, dachte Sina und biss in ihr Backfischbrötchen.

Der Wind zerrte an ihren Haaren, als sie mit Sven zurück zum Fähranleger ging. Sina schmeckte kaum, was sie da eigentlich aß, so sehr war sie mit ihren Gedanken bei der bevorstehenden Begegnung mit Natalie Drewes.

Die Telefonnummer des Therapeuten, Dr. Arne Winter, hatte sie in Drewes' Adressbuch gefunden. Nachdem Sina ihm dargelegt hatte, dass es sich um einen Notfall handelte, hatte er sich sofort bereiterklärt, trotz der späten Stunde nach Westerland ins Krankenhaus zu kommen und dort mit Natalie zu sprechen.

Befragen werden wir sie heute natürlich nicht können. Unsere Aufgabe ist jetzt nur, sie schnellst-

möglich ins Krankenhaus zu bringen, damit sie professionelle Hilfe erhält.

»Da ist die Fähre«, sagte Sven und deutete auf das Meer hinaus.

Sina kaute unwillkürlich schneller, obwohl sie wusste, dass die Fähre noch etliche Minuten brauchen würde, um den Anleger zu erreichen.

Als dann die ersten Wagen von der Syltfähre fuhren, hatte Sina nicht nur aufgegessen, sondern auch noch Zeit gehabt, sich für die Begegnung mit Natalie Drewes zu wappnen.

Die Dramaturgin war in Begleitung zweier dänischer Polizisten, eines Mannes und einer Frau. Der Mann lenkte den Wagen auf den Parkplatz und hielt neben Sina und Svens Dienstwagen.

Während Sven sich mit den beiden Kollegen aus Dänemark unterhielt und einige Formulare unterzeichnete, begrüßte Sina die apathisch wirkende Natalie und führte sie zu ihrem Wagen.

Sina erinnerte sich, dass die Dramaturgin bei ihrer ersten Begegnung im Aufenthaltsraum des Theaters weiß wie ein Laken gewesen war. Heute Abend erschien sie ihr sogar noch blasser, die Haut ihres Gesichtes wirkte wächsern, leblos.

»Gut, dass Sie wieder da sind«, sagte Sina leise. »Herr Dr. Winter wartet bereits auf Sie. Er wird Ihnen sicher helfen können.«

Natalie reagierte in keiner Weise auf Sina, starrte stur geradeaus. Sina war sich nicht einmal sicher, ob die Frau ihre Worte gehört hatte.

Ob sie unter Medikamenten steht?

Sina sah über die Schulter zu den Kollegen und Sven zurück. Die schienen mit den Formalitäten fertig zu sein, denn Sven hob gerade einen kleinen Rollkoffer aus dem Kofferraum.

Mit einem Winken verabschiedete Sina sich und stieg auf der Beifahrerseite in ihren eigenen Wagen.

»Was machen wir mit Frau Drewes' Auto?«, fragte sie leise, als Sven sich neben sie setzte.

»Das klären wir morgen«, meinte Sven und startete den Motor.

Auf der Fahrt zum Sylter Krankenhaus schwiegen sie. Sina warf immer wieder kurze Blicke in den Rückspiegel, doch Natalie Drewes saß vollkommen unbeteiligt auf der Rückbank. Sie sah weder aus dem Fenster noch änderte sie je ihre Position oder ihre Blickrichtung.

Sie ist mir richtiggehend unheimlich, dachte Sina.

Erleichtert atmete sie auf, als Sven auf den Parkplatz des Krankenhauses fuhr.

Sie hatten ihr Kommen bereits angekündigt, sodass sie am Empfang nicht lange warten mussten, die Mitarbeiterin war bereits instruiert. Sie nannte Sina die Station, zu der sie sich begeben mussten, und den Namen des Arztes, der sich um Natalie Drewes kümmern würde.

Sina berührte Natalie sachte am Ellbogen und dirigierte sie zu den Aufzügen. Widerstandslos ließ die Dramaturgin sich führen.

Sie bewegt sich wie ein batteriebetriebenes Spielzeug, als ob sie jemand fernsteuern würde.

Sina biss sich auf die Lippe. Die Fahrt im Aufzug schien unendlich zu dauern, die gedrückte Atmosphäre lastete schwer auf Sina. Auch Sven sagte kein Wort, starrte nur auf die silbern glänzenden Lifttüren.

Sina atmete auf, als diese im dritten Stock auseinanderglitten.

Ein Mann in Jeans und dunkelblauem Sweatshirt sprang von einem der Stühle auf, die quer gegenüber dem Lift standen.

Er eilte auf Sina, Sven und Natalie zu und stellte sich als Dr. Arne Winter vor. Dann sah er Natalie Drewes an. »Natalie, wie geht es Ihnen?«

Sina erwartete, dass Drewes auch auf ihren Therapeuten nicht reagieren würde, doch dem war nicht so.

»Nicht gut.« Natalies Stimme klang brüchig und war so leise, dass Sina sie nicht verstanden hätte, wenn sie nicht direkt neben ihr gestanden wäre.

Sanft legte Winter Natalie Drewes eine Hand auf den Unterarm. »Lassen Sie uns in Ruhe über alles sprechen. Aber erst morgen. Jetzt sorgen wir erst einmal dafür, dass Sie es hier bequem haben.« Er sah Sina an, die ihm zunickte. Sie war froh, dass sich der erfahrene Therapeut seiner Patientin annahm.

Ich hatte keine Ahnung, wie ich mich ihr gegenüber verhalten sollte. Gut, dass sie jetzt in Expertenhänden ist.

Sina sah sich um. »Ich möchte noch mit dem behandelnden Arzt sprechen.«

Eine Krankenschwester eilte auf die beiden Polizisten zu, ein Klemmbrett in der Hand. »Sie sind die Herrschaften von der Polizei?«

Als Sina bejahte, bedeutete die Schwester ihnen, ihr zu folgen. »Wir müssten noch die Aufnahmeformalitäten erledigen und dann möchte Dr. Jaspersen mit Ihnen reden.«

Auch hier überließ Sina den Papierkram wieder ihrem Kollegen. Während Sven mit Formularen beschäftigt war, unterhielt sie sich kurz mit Dr. Jaspersen. Sie fasste zusammen, was geschehen war, und erklärte, dass Natalie Drewes zwar nicht unter dringendem Tatverdacht stand, aber doch unter Beobachtung gehalten werden sollte.

»Ich glaube nicht, dass es nötig ist, dass wir einen Beamten vor ihrer Tür platzieren, damit sie das Krankenhaus nicht verlassen kann. Ich mache mir vielmehr Sorgen um ihr Wohlbefinden.«

Beruhigend sah der Arzt Sina an. »Lassen Sie das nur unsere Sorge sein. Wir werden uns mit aller gebotenen Sorgfalt um die Patientin kümmern.«

»Könnten Sie mir bitte morgen Vormittag telefonisch mitteilen, wie es um Frau Drewes steht?« Sina seufzte. »Es ist mir sehr unangenehm, aber wir müssen sie so bald wie möglich befragen. Es wäre sehr wichtig, dass wir erfahren, warum sie Sylt so überhastet verlassen hat.«

»Wir telefonieren morgen früh«, versicherte der Arzt Sina und geleitete sie aus seinem Zimmer.

Sven wartete bereits auf sie. »Und nu?«, fragte er.

»Jetzt fahren wir nach Hause, hier gibt es für uns heute Abend nichts mehr zu tun.«

Kapitel sechs

Nach der Hektik der vergangenen Tage erwartete Sina einen ereignislosen Tag auf dem Revier. Sie würde gemeinsam mit Sven weiter daran arbeiten, alle Beteiligten zu durchleuchten, dann würde sie sich nach Natalie Drewes' Befinden erkundigen und anschließend müssten sie den Zeugenaufruf wegen des Dolches starten.

Hoffentlich ist Drewes heute bereits vernehmungsfähig, sonst kommen wir wahrscheinlich mit unseren Ermittlungen kein Stück voran.

Kurz bevor sie ihr Wohnmobil verließ, um zur Arbeit zu fahren, telefonierte Sina mit Jan, um sich für den Abend mit ihm zu verabreden. Sie machten aus, dass Jan sie von der Arbeit abholen würde und sie in einem griechischen Restaurant in Westerland gemeinsam zu Abend essen würden.

Die Aussichten auf die Verabredung mit Jan besserten Sinas Stimmung schlagartig. Ihre trüben Gedanken an den wenig vielversprechenden Arbeitstag, der wohl vor ihr lag, waren wie weggeblasen. Sie schaltete sogar das Autoradio ein, suchte einen Musiksender und summte auf dem Weg zur Arbeit alle Songs mit, die sie kannte.

Als sie das Revier betrat, war Sven bereits da. »Ich habe den Aufruf vorformuliert«, sagte er. »Lies dir mal durch, ob wir das so rausgeben können.«

Sina nahm den Ausdruck entgegen, den er ihr reichte. »Gibt es schon was Neues zu unseren Hintergrundchecks?«

»Damit habe ich mich heute noch nicht befasst. Ich dachte das da«, er deutete auf den Ausdruck in Sinas Hand, »sei jetzt erst einmal wichtiger. Da müssen wir ja auf jeden Fall warten, bis Reaktionen kommen.« Seine Miene verdüsterte sich. »Falls überhaupt Reaktionen kommen. Ich habe die Befürchtung, dass jemand, der einen Dolch in Spezialanfertigung herstellt, sich vielleicht nicht meldet, wenn er erfährt, dass dieser Dolch dazu verwendet wurde, einen Menschen zu töten.«

»Du meinst, weil dieser Jemand Angst hätte, deswegen belangt zu werden?« Sina legte den Kopf schräg. »Es ist nicht illegal, Dolche herzustellen und zu verkaufen. Es handelt sich hier ja nicht um ein Springmesser oder eine andere verbotene Messerart.«

»Ich weiß, dass der Hersteller nichts zu befürchten hat, aber weiß er das auch? Wenn das jemand war, der das nebenher als Hobby betreibt, kennt er sich vielleicht mit dem Waffenrecht nicht so gut aus«, gab Sven zu bedenken.

Sina zuckte die Schultern. »Das Risiko schätze ich als gering ein. Ich lese mir deinen Text durch und dann können wir das gleich rausschicken. Hast du auch schon ein Foto der Tatwaffe ausgesucht?«

»Das mache ich gleich noch.«

Sina nahm nur einige kleinere Veränderungen an Svens Entwurf vor, dann sandte sie Text und Foto an die Pressestelle, die sich um die Verteilung kümmern würde.

Da sich Dr. Jaspersen noch nicht bei Sina gemeldet hatte, wählte sie die Nummer des Krankenhauses und ließ sich durchstellen.

»Der Patientin geht es deutlich besser. Dr. Winter ist gerade bei ihr. Ich möchte noch abwarten, was er zu ihrem Zustand zu sagen hat. Dann kann ich vielleicht schon einschätzen, wann Sie mit Frau Drewes sprechen können.«

Sina bedankte sich und legte auf. Dann griff sie nach dem dicken Packen Ausdrucke, die sie am Vorabend angefertigt hatte.

Zuerst las sie sich langsam und sorgfältig alle Informationen durch, welche die Datenbanken zu Corbinian Kupfer hergegeben hatten.

Keinerlei Vorstrafen, keine Einträge in Flensburg. Wohnhaft in Hamburg Altona, seit etwas über fünf Jahren unter derselben Adresse gemeldet. Der Regisseur war 45 Jahre alt, sein Geburtstag war der 1. März.

Sina stutzte, als sie sah, dass Kupfer in London geboren worden war.

Ist er Brite? Sein Nachname ist doch eindeutig deutsch.

Sie blätterte in ihren Unterlagen, bis sie Informationen über seine Eltern fand. Kupfers Vater Lukas war ein waschechter Hamburger, dort geboren und vor zwei Jahren auch in Hamburg gestorben. Der Mädchenname der Mutter war jedoch Quinn, also eindeutig englisch.

Lucy Quinn stammte aus einer Kleinstadt, deren Namen Sina noch nie gehört hatte, und hatte Mitte der Siebzigerjahre in London Lukas Kupfer geheiratet. Einige Jahre später war ihr einziges Kind Corbinian zur Welt gekommen.

Da hat der waschechte Hamburger wohl eine Zeitlang in England gelebt, sich dort verliebt und seiner Frau zuliebe den Wohnsitz vorübergehend verlegt.

Sina fragte sich, ob die Familie wohl gemeinsam nach Hamburg zurückgekehrt war oder ob die Ehe gescheitert war.

Wobei das ja nun wirklich nicht wichtig ist. Das hat mit dem Fall nichts zu tun. Mich hat nur zu interessieren, seit wann Corbinian Kupfer in Hamburg lebt.

Sie wollte schon weiterblättern, als ihr das Wort *gestorben* ins Auge sprang. Sina hielt inne und las den letzten Absatz über Lucy Quinn. Dann pfiff sie durch die Zähne.

Sie ist gestorben, als Kupfer gerade mal zehn Jahre alt war. Das muss hart für ihn gewesen sein. Und für seinen Vater auch.

Sie notierte sich das Sterbedatum von Lucy Quinn, dann blätterte sie weiter, bis sie die Schulen fand, die Kupfer besucht hatte. Er war in London eingeschult worden, hatte dort bis zu seinem zehnten Lebensjahr eine Primary School besucht. Dann waren zwei Schulen in Hamburg aufgeführt. Erst eine Realschule, die er ein Jahr lang besucht hatte, dann ein Gymnasium.

Das eine Jahr Realschule war wahrscheinlich, um ihm den Übergang zu erleichtern, dachte Sina und notierte sich, dass Kupfer im Alter von zehn Jahren nach Deutschland gekommen war. *Das muss direkt nach dem Tod der Mutter gewesen sein. Wahrscheinlich wollte sein Vater keinen Tag länger als nötig in London bleiben. Das war wahrscheinlich zu schmerzhaft.*

Sie vertiefte sich weiter in den Lebenslauf des Regisseurs. Ausbildung, erste Theaterarbeiten als Regieassistent, dann eine Liste seiner Inszenierungen.

Sina überprüfte alle Stationen im Leben von Corbinian Kupfer daraufhin, ob es einen Zusammenhang zu Marc Rohde gab.

Sie fand nicht den kleinsten Hinweis darauf, dass die beiden in der Vergangenheit bereits miteinander zu tun gehabt hatten.

Aber mit Christine Lorenzen hatte er schon gearbeitet und die war mit Rohde zusammen. Es ist doch wirklich ungewöhnlich, dass die beiden sich nie über den Weg gelaufen sind.

Sina suchte die Inszenierungen heraus, bei denen die Kostümbildnerin und der Regisseur zusammengearbeitet hatten. Es handelte sich nur um zwei Stücke, beide waren im Laufe der vergangenen zwölf Monate am Hamburger Scaena Theater gezeigt worden.

Sina unterdrückte ein Gähnen und versuchte sich zu erinnern, was Christine ihr über Rohde erzählt hatte. Hatte die Kostümbildnerin nicht erwähnt, dass Rohde nie die Zeit gefunden hatte, zu einer ihrer Theaterpremieren zu erscheinen?

Oder bilde ich mir das nur ein?

Sie machte sich eine Notiz, das in ihren Aufzeichnungen nachzusehen, oder falls nötig, Christine danach zu fragen.

Flüchtig blätterte Sina nochmals durch die Ausdrucke, die sich auf Kupfer bezogen.

Ich glaube, das war's. Mehr gibt das Material hier nicht her.

Sie schob die Papiere zu einem ordentlichen Stapel zusammen und legte sie beiseite. Dann nahm sie sich Robert Voss vor.

Dessen Lebenslauf las sich geradliniger als der von Corbinian Kupfer. Geboren und aufgewachsen in Hamburg, dort zur Schule gegangen, Abitur, Studium. Bereits während des Studiums Hospitanzen an verschiedenen Theatern.

Hat nie für Fernsehproduktionen gearbeitet, von der Arbeit konnte er Rohde also auf keinen Fall ken-

nen. Für Voss gilt das gleiche wie für Kupfer: Falls er Rohde schon vor Sylt getroffen hat, dann durch Christine. Aber dann hätte Christine das ja gewusst und uns erzählt.

Sina war kurz davor, sich die Haare zu raufen. Sie fand einfach keine Anhaltspunkte, die sie weiterbrachten.

Sie riss sich zusammen und machte weiter. Auch bei Robert Voss gab es keinerlei Vorstrafen oder andere Auffälligkeiten.

Ich finde noch nicht einmal irgendetwas, wo ich nachhaken und weiterbohren könnte. Weder Kupfer noch Voss haben in Hamburg auch nur in der Nähe von Rohde gewohnt. Dieselben Schulen besucht haben sie auch nicht, dass sie sich irgendwann einmal in der Nachbarschaft über den Weg gelaufen sind, ist also auszuschließen. Das Einzige, was bleibt, wären Veranstaltungen. Aber da wir ja bereits wissen, dass sich Rohde für Theater nicht interessiert hat, fällt das auch weg.

Sina hielt inne, als sie eine neue Idee hatte.

Wofür hat Rohde sich denn interessiert? Vielleicht gab es ja gemeinsame Hobbys? Rohde und sein Mörder waren beide Fußballfans und haben sich im Stadion kennengelernt. Etwas in der Art wäre doch eine Möglichkeit.

Sie machte sich eine Notiz, Christine danach zu fragen, womit Rohde bevorzugt seine Freizeit verbracht hatte.

Als Nächstes nahm sie sich Christine vor. Hier war der Werdegang wieder etwas turbulenter. Als Kind mit den Eltern öfters umgezogen, dementsprechend oft die Schule gewechselt. Nach der Schule ein Praktikum als Textildesignerin bei einem großen Modeunternehmen. Dann eine Ausbildung als Modedesignerin, nebenher Kostümassistenz bei einem kleinen Theater in der Nähe von Hamburg.

Sina stieß zischend die Luft aus, als sie sah, dass Christine auch bei einer TV-Produktion als Kostümassistentin gearbeitet hatte.

Das war vor fünf Jahren. Wann hat sie laut ihrer Aussage Rohde kennengelernt?

Sina ging ihre Notizen durch. Wann Christine Lorenzen und Marc Rohde sich kennengelernt hatten, war aus der Befragung nicht hervorgegangen, nur dass sie seit knapp zwei Jahren zusammen gewesen waren.

Nach kurzem Überlegen behalf Sina sich mit Google und suchte nach Einzelheiten zu der Fernsehproduktion, bei der Christine gearbeitet hatte. Sorgfältig las sie sich die Namen aller Beteiligten durch. Kein Marc Rohde, auch sonst kein Name, der Sina etwas gesagt hätte.

Ich verzettle mich hier.

Sie sah auf, als Sven in ihr Büro trat.

»Bitte sag mir, dass du bei den Überprüfungen mehr Glück hattest als ich«, meinte Sina und lehnte sich zurück.

Sven schüttelte den Kopf. »Ich habe weder bei Anja Jörden, Natalie Drewes noch bei Gregor Weiss irgendwelche Hinweise darauf gefunden, dass sie in einer wie auch immer gearteten Beziehung zu Marc Rohde oder Freya Miller standen.«

»Dann fehlt nur noch Selina Engels. Die drei Hamburger habe ich soweit überprüft und da gibt es nichts. Mit Christine Lorenzen bin ich allerdings noch nicht ganz fertig.«

»Mach du mit Lorenzen weiter, ich fange mit Engels an«, meinte Sven. Sina reichte ihm den letzten Stapel Ausdrucke, der noch ganz rechts auf ihrem Schreibtisch lag. Alles, was sie bereits bearbeitet hatte, hatte sie links abgelegt.

Sobald Sven gegangen war, überprüfte Sina die Adresse, unter der Lorenzen und Rohde gemeldet waren. Vermieter, Nachbarn, alles Namen, die Sina noch nie untergekommen waren.

Zuletzt wandte sie sich dem Scaena Theater zu, dem Haus, an dem Lorenzen mit Kupfer und Voss zusammengearbeitet hatte.

Zunächst sah sie sich Informationen über die beiden Inszenierungen an, die die drei gemeinsam gemacht hatten. Ergebnislos. Bevor sie die Website des Theaters schloss, klickte Sina sich noch zu einer Seite durch, die alle Mitarbeiter aufzählte, vom Intendanten bis zum Pförtner.

Mir schwirrt schon der Kopf vor all den Namen.

Frustriert versetzte Sina ihren Computer in den Stromsparmodus. Der Bildschirm wurde schwarz.

Einen Moment blieb sie noch sitzen und starrte den dunklen Monitor an, dann ging sie in Svens Büro, um festzustellen, wie weit er mit der Überprüfung von Selina Engels gekommen war.

»Schauspielerfamilie«, sagte Sven. »Ständig umgezogen, als sie klein war. Als sie in die Schule kam, bekam der Vater ein festes Engagement in Hamburg und die Mutter spielte in diversen Serien mit. Sieht so aus, als hätte sich der Vater viel um die Tochter gekümmert, während die Mutter in Köln oder München Dreharbeiten hatte.«

»Da war wohl fast vorgezeichnet, dass es Selina ebenfalls zur Schauspielerei gezogen hat«, meinte Sina.

»Sie war an einer renommierten Schule und hat dann auf Anhieb ein Engagement in Osnabrück bekommen. Ich sehe in ihrem Lebenslauf überwiegend Theaterrollen. Wenn sie mal in einer Serie mitgespielt hat, dann nur kleinere Gastauftritte. Hier sind ein paar Rollen in Serien, in denen sogar schon ihre Mutter dabei gewesen ist. Alles so Vorabendkram, der seit Jahren läuft.«

Sina grinste Sven an. »Der ganze Kram, den du dir nie anschaust.«

»Ganz genau. Hier war mal eine Rolle in einem Tatort, das ist die einzige von diesen ganzen Serien, die mir wirklich was sagt.«

»Hast du das alles mit Rohdes Rollen verglichen?«, fragte Sina.

Sven nickte und klickte auf einen anderen im Browser geöffneten Tab. »Da sind Rohdes Rollen. Keine Überschneidungen.« Er klickte erneut. »Und hier sind Freya Millers Jobs als Maskenbildnerin.«

Sina stieß zischend die Luft aus und fuhr sich mit beiden Händen durch die Haare. »Was wir auch versuchen, es führt zu nichts.«

»Wir haben noch den öffentlichen Aufruf wegen des Dolches und mit Drewes müssen wir auch noch sprechen«, erinnerte Sven sie.

»Ganz ehrlich, ich setze weder in den Aufruf noch in Drewes große Hoffnungen«, meinte Sina.

Ein Klopfen am Rahmen der offenen Tür zu Svens Büro ließ Sina den Kopf drehen. Eine Kollegin stand im Türrahmen. »Sina, da will dich ein Herr Kupfer sprechen. Sagt, es sei dringend.«

Sina und Sven warfen sich einen Blick zu.

»Na, da bin ich jetzt mal gespannt«, meinte Sven.

»Und ich erst«, gab Sina zurück.

***

Sina starrte auf das Stoffstück, das ausgebreitet vor ihr auf dem Tisch lag. Sie befühlte das Material, es war dick und tiefschwarz.

»Molton, der wird gerne als Bühnenhintergrund verwendet«, erklärte Corbinian Kupfer, der Sina gegenübersaß.

Sina nickte abwesend. Wie der Stoff hieß und wofür er eigentlich verwendet wurde, war nämlich im Moment ganz und gar nicht interessant.

Interessant war nur der Gegenstand, der auf diesem Stück Stoff lag.

Ein bronzefarbener Dolch mit spitzer, zweischneidiger Klinge und verziertem Griff. Auf den ersten Blick war er von der Tatwaffe nicht zu unterscheiden.

»Ich habe mir Mühe gegeben, den Dolch nicht zu berühren«, sagte Kupfer. »Aber ganz ausschließen kann ich es nicht. Ich bin so erschrocken, als ich ihn fand, dass ich ihn habe fallen lassen. Ich habe zwar den Molton benutzt, um den Dolch wieder aufzuheben, aber wie gesagt ...« Er breitete beide Hände aus.

Sina benutzte ihr Handy, um einige Fotos der Waffe zu machen. Dann beugte sie sich vor und betrachtete den Dolch eingehend. Deutlich konnte sie die schmale Aussparung sehen, wo die Klinge bei Druckausübung im Griff verschwinden würde.

»Sie haben also dieses Stück Molton, in das der Requisitendolch eingewickelt war, auf der Bühne des Theaters gefunden?« Svens Stimme klang ungläubig.

»Ja, unweit der Stelle, an welcher der Requisitentisch stand.« Corbinian Kupfer gestikulierte mit beiden Händen. »Die Rückseite der Bühne ist mit Molton abgehängt, der bis zum Boden reicht. Der eingewickelte Dolch lag direkt dahinter. Ich habe ihn nur gefunden, weil mir ein Ball heruntergefallen ist, den wir heute für die Proben benötigten. Der rollte, bis er gegen die Molton-Abhängung prallte. Als ich ihn holen ging, hob ich den Molton ein wenig an und sah da dieses Bündel liegen. Reiner Zufall.«

»War das während der Proben?«, fragte Sina.

»Nein, wir hatten noch nicht angefangen. Ich war nur schon auf der Bühne, weil ich einiges vorbereiten wollte«, antwortete Kupfer.

»Wer war noch dabei, als Sie Ihren Fund machten?«, wollte Sven wissen.

Kupfer schüttelte den Kopf. »Niemand. Wenig später kam Robert Voss, dem habe ich gesagt, er solle ohne mich anfangen. Dann bin ich sofort hierhergekommen.«

»Haben Sie Voss erzählt, dass Sie den Dolch gefunden haben?« Sina sah Kupfer fragend an.

»Nein, ich dachte, es wäre vielleicht besser, wenn sich das nicht gleich rumspricht«, meinte der Regisseur.

Sina nickte. »Damit haben Sie recht.« Sie sah nachdenklich auf das matt schimmernde Requisit.

Kann es wirklich sein, dass der Dolch sich die ganze Zeit im Theater befunden hat?

»Wieso hat den bis jetzt niemand gefunden?«, fragte sie. »Beim Putzen zum Beispiel oder beim Aufbau oder Abbau von Kulissen.«

»Was das Putzen angeht, bin ich überfragt«, meinte Kupfer. »Aber da zurzeit keine Vorstellungen stattfinden, befinden sich sämtliche Kulissen im Lager. Der hintere Teil der Bühne ist wie gesagt abgehängt, weil dort im Moment nicht gearbeitet wird.« Er fuhr sich über die Haare. »Der Requisitendolch hätte dort noch eine ganze Weile unbemerkt liegen bleiben können.« Seine Augen weiteten sich. »Außer der Mörder hätte ihn zuvor aus dem Weg geschafft.«

Sina überlegte. Das, was der Regisseur sagte, klang sinnvoll. Wahrscheinlich hatte der Täter sich darauf verlassen, dass sein Versteck vorübergehend sicher war und hatte noch abwarten wollen, bevor er den Dolch endgültig verschwinden ließ.

Die Alternative wäre, dass der Dolch die ganze Zeit woanders war und ihn erst vor Kurzem jemand dort platziert hat, damit er gefunden wird. Um uns auf eine falsche Spur zu locken.

Nur, welche falsche Spur sollte das sein? Das Versteck deutete nicht eindeutig auf einen der Verdächtigen als Täter hin.

In der Nähe des Requisitentisches - das wäre Anja Jördens Domäne. Aber wir sind ja schon längst zu dem Schluss gekommen, dass der Austausch des Dolches sicher so schnell vonstattenging, dass es jeder, der in der Pause an dem Tisch vorbeikam, gewesen sein könnte.

Sina wandte den Blick von dem Requisitendolch ab und nickte dem Regisseur zu. »Vielen Dank, dass sie sofort zu uns gekommen sind.«

Die Vorwürfe, dass es ihr noch viel lieber gewesen wäre, wenn er den Dolch am Fundort liegen gelassen hätte, sparte sie sich. Da Kupfer das seltsame Bündel aufgehoben, ausgewickelt und den Dolch dann sogar noch hatte fallen lassen, hätten sie sich sowieso kein Bild von der genauen Auffindesituation machen können.

Kupfer verabschiedete sich und verließ Sinas Büro.

»Ist das vielleicht der Durchbruch, auf den wir so gehofft haben?«, fragte Sven.

Sina schüttelte den Kopf. »Ich weiß es nicht.« Sie deutete auf den Dolch. »Der muss mitsamt dem Molton so schnell wie möglich zur Spurensicherung.«

***

Sina hatte Sven die Aufgabe überlassen, Dolch und Molton in Spurensicherungsbeuteln zu verstauen und an die Spurensicherung in Kiel weiterzuleiten.

Sie selbst war nach einem weiteren kurzen Telefonat mit Dr. Jaspersen ins Krankenhaus von Westerland gefahren, um sich mit Natalie Drewes zu unterhalten.

Die Dramaturgin war weiterhin unnatürlich blass und wirkte immer noch in sich gekehrt, aber doch war der Unterschied zum Vortag nicht zu übersehen. In ihren Augen hinter den randlosen Brillengläsern lag Leben und sie begrüßte Sina mit leiser, aber gefasster Stimme. Kein Vergleich zu dem wie betäubt wirkenden Wesen, das am Vortag am Lister Hafen angekommen war.

»Arne, mein Therapeut, hat mir sehr geholfen«, erklärte Natalie. »Ich hätte gleich zu ihm gehen sollen, anstatt Hals über Kopf die Insel zu verlassen. Aber ich hatte eine Panikattacke, wollte nur noch weg. Ganz weit weg.« Ihr Blick wanderte zum Fenster des Krankenzimmers, verlor sich in weiter Ferne.

Sie sieht aus, als wolle sie sich an einen anderen Ort träumen, dachte Sina.

»Was war denn der Auslöser für Ihre Panikattacke?«

Natalie Drewes starrte auf ihre Hände, die sie im

Schoss verschränkt hielt. »So genau kann ich das gar nicht sagen. Manchmal kommt es aus dem Nichts, wie ein schwerer schwarzer Vorhang, der sich über mich senkt. Es gibt nicht immer einen genau zu benennenden Auslöser.«

»Ich verstehe«, sagte Sina, obwohl sie nicht nachvollziehen konnte, wie Natalie Drewes sich in solchen Momenten wohl fühlen musste.

»Es war einfach alles zu viel für mich. Es ging mir vorher schon nicht gut. Ich war gestresst, überfordert. Die Proben liefen nicht gut, Corbinian wollte immer noch mehr Änderungen am Text und das so kurz vor der Premiere. Außerdem haben wir natürlich alle mitbekommen, dass nur wenig Eintrittskarten verkauft wurden. Dass der Intendant Druck machte. Ich wusste, wie wichtig Corbinian diese Inszenierung ist, darum habe ich mein Bestes gegeben. Aber die Belastung war einfach zu groß für mich.« Sie seufzte. »Dann noch der ... die Sache mit Marc.«

Sie hob den Blick. »Ich habe so versucht, mich zusammenzureißen. Aber dann hat in mir einfach etwas ausgesetzt.«

»Und da sind Sie in Ihr Auto gestiegen und haben die Fähre nach Römö genommen?«

Natalie schluckte hart. »Ich hatte die ganze Nacht kein Auge zugetan. Bin rastlos in meiner Wohnung hin und her gelaufen. Ich wollte, nein musste, irgendetwas tun, wusste aber nicht was. Also habe ich einen Koffer gepackt.« Sie sah Sina entschuldigend an. »Das war die einzige Idee, die ich hatte. Ich war nicht so recht bei mir.«

Sina gab ihrer Stimme einen sanften Klang. »Es tut mir leid, dass ich jetzt in dieser Situation mit Ihnen reden muss. Ich will Sie wirklich nicht bedrängen, aber die Ermittlungen haben nun einmal oberste Priorität.«

Drewes leckte sich über die Lippen und nickte.

»Ist Ihnen klar, dass Sie sich verdächtig gemacht haben? Dass es für uns aussah, als seien Sie geflohen, weil Sie etwas zu verbergen haben?«

Die Augen der Dramaturgin weiteten sich. »An so etwas habe ich keine Sekunde gedacht.« Ihre Stimme klang flach, tonlos. »Da war einfach nur noch dieses drängende Gefühl, dass ich hier weg muss. Sonst nichts.«

»Es gibt also nichts, was Sie mir sagen möchten? Im Zusammenhang mit Marc Rohdes Tod?«

Tränen glitzerten in Natalie Drewes' Augen, als sie den Kopf schüttelte. »Ich habe ihn nicht getötet, falls es das ist, was Sie hören wollen.«

Sina beugte sich vor. »Haben Sie denn einen Verdacht, wer es getan haben könnte?«

Stumm schüttelte Natalie den Kopf.

Sina musterte die in sich zusammengesunkene Gestalt mit den schmalen Schultern und den im Nacken zusammengebundenen Haaren.

Nein, Natalie Drewes hatte mit dem Mord an Marc Rohde nichts zu tun. Dessen war Sina sich ganz sicher. Aber eine Frage gab es trotzdem noch, die sie ihr stellen musste.

Da gibt es jetzt leider keine diplomatische Art und Weise, das zu formulieren. Ich muss erwähnen, dass ich mit Katja Haase gesprochen habe.

»Als wir nach Ihnen gesucht haben, habe ich mit Ihrer Freundin Katja telefoniert.«

Mit großen Augen sah Natalie Sina an. »Katja? Sie muss sich Sorgen um mich machen. Ich muss sie anrufen.«

»Bei diesem Telefonat erwähnte Frau Haase, dass Sie Gefühle für Marc Rohde hegten.« Sina sprach mit leiser Stimme, wollte Natalie so wenig wie möglich aufregen.

Die schluckte schwer und schob mit dem Zeigefinger ihre Brille zurecht. »Ich habe ihm nichts getan.«

»Das wollte ich damit auch gar nicht andeuten. Mich interessiert nur eine ganz konkrete Sache«, sagte Sina. »Sie haben Katja gegenüber erwähnt, dass Christine Lorenzen schwanger ist. Woher wussten Sie das?«

»Das hat man ihr angesehen.« Drewes' Stimme klang kraftlos. »Als Frau sieht man so was doch. Wie sie sich mit der Hand über den Bauch gestrichen hat, wie sie versonnen ins Nichts gelächelt hat. Dazu die ständigen Schokoriegel.« Sie kreuzte die Arme vor der Brust und umfasste mit den Händen ihre Schultern. »Das war eindeutig.«

»Aber gesagt hat Frau Lorenzen Ihnen nichts?«

Natalie schüttelte den Kopf. »Nein, gesagt hat sie nichts.«

***

Robert wusste immer noch nicht, was er tun sollte. Er war sogar schon so weit gewesen, seine vermeintliche Beobachtung einfach zu vergessen.

Ich war müde und gestresst und dann ging alles drunter und drüber, als Marc plötzlich tot war. Wahrscheinlich bilde ich mir das alles nur ein. Entweder ich habe falsch verstanden, was ich da gesehen habe, oder das war gar nicht der Abend. Nach einer gewissen Zeit Probenstress fühlt sich doch jeder Tag gleich an.

Trotzdem blieb da dieser nagende Zweifel.

Mit aller Macht konzentrierte er sich auf die Proben zu Pygmalion. Da Weiss so schnell wie möglich eine Premiere auf dem Spielplan haben wollte, war die eigentlich vorgesehene Probenzeit von vier auf drei Wochen verkürzt worden.

Eine Inszenierung, die sowieso schon sehr herausfordernd war, war dadurch zu einem immensen Kraftakt geworden, nicht nur für die Schauspieler, sondern für alle Beteiligten.

Hinzu kam, dass Natalie weiterhin krankgeschrieben war. Ihre Arbeit übernahmen Robert und Corbinian.

Als hätten wir nicht schon mehr als genug zu tun.

Zu allem Überfluss war Corbinian heute Nachmittag für über eine Stunde ohne Erklärung verschwunden. Hatte Robert gesagt, er hätte etwas Wichtiges zu erledigen, er solle in seiner Abwesenheit weiter mit den Schauspielern arbeiten.

Das grenzte schon an Unverschämtheit. Ich stand da wie der letzte Depp.

Als Corbinian schließlich wieder aufgetaucht war, hatte er getan, als sei nichts weiter. Auch das war Robert ziemlich sauer aufgestoßen. Den restlichen Arbeitstag hatte er sich so gut es ging, zurückgehalten, hatte nur noch das Nötigste getan.

Jetzt saß Robert mit einer gekühlten Flasche Bier am Küchentisch seiner Wohnung und versuchte vergeblich, sich zu entspannen.

Mir geht einfach zu viel im Kopf herum. Die Arbeit, der Mord ... ist doch kein Wunder, dass ich überwältigt bin.

Robert nahm einen großen Schluck. Dann stand er auf und ging ins Wohnzimmer, wo er nach der Fernbedienung suchte.

Heute mache ich gar nichts mehr. Ich ziehe mir jetzt irgendeinen Film rein. Morgen ist auch noch ein Tag.

***

»Die gute Nachricht ist, dass die verschwundene Frau wieder da ist und dass es ihr soweit gut geht. Ich konnte heute sogar schon mit ihr sprechen. Meine vage Hoffnung, dass sie irgendetwas zur Aufklärung des Falls beitragen könnte, hat sich aber leider als falsch erwiesen.« Sina schob sich eine Gabel voll Moussaka in den Mund und kaute genüsslich.

Jan, der ihr gegenübersaß, ließ sein Besteck sinken. »Ich beneide dich wirklich nicht um deinen Job.«

Sina griff nach ihrem Weinglas. »Manchmal bin ich auch nicht zu beneiden. Die Frau ist zwar wieder da, aber wir tappen immer noch im Dunkeln. Sven und ich haben Stunden damit zugebracht, alle Beteiligten akribisch zu überprüfen, aber da war nichts, aber auch rein gar nichts Verdächtiges.« Sie nahm einen Schluck. »Dafür haben wir jetzt den Originaldolch. Einer der Beteiligten hat ihn im Theater gefunden. Vielleicht findet die Spurensicherung ja etwas.«

»Du klingst nicht sehr zuversichtlich«, meinte Jan.

Sina unterdrückte ein Seufzen und schnitt noch ein Stück Moussaka ab. »Bin ich auch nicht. Der Finder hat den Dolch erst fallen lassen und dann wieder aufgehoben. Dazu hat er zwar angeblich das Stück Stoff benutzt, in das der Dolch eingewickelt war, aber wenn seine DNA gefunden wird, bringt uns das nicht weiter.«

»Vielleicht ist er ja der Mörder und hat das absichtlich gemacht«, scherzte Jan. »So hat er jetzt eine Erklärung, wenn seine DNA gefunden wird.«

Sina lächelte Jan schief an. »Wir sind hier nicht in einem TV-Krimi. Da wäre das natürlich genau so.«

»Deutet denn die Stelle, wo der Dolch gefunden wurde, auf eine bestimmte Person hin oder hätte da jeder Zugang gehabt?«

»Das hätte leider jeder sein können. Ich habe mich zwar sehr gewundert, dass der Dolch an dieser Stelle nicht früher gefunden wurde, aber dafür scheint es auch eine halbwegs einleuchtende Erklärung zu geben.«

»Der muss da ja nicht die ganze Zeit gelegen haben«, meinte Jan, während er einen Bissen Souflaki auf die Gabel spießte. »Vielleicht wollte der Mörder, dass die Tatwaffe gefunden wird und hat sie erst kürzlich dort versteckt.«

»Das sind leider alles pure Spekulationen, die uns keinen Schritt weiterbringen«, sagte Sina. »In diesem Fall wäre nur die Frau, die bis gestern verschwunden war, nicht länger verdächtig. Alle anderen schon.«

»Könnt ihr denjenigen, der den Dolch gefunden hat, ein bisschen unter Druck setzen? Falls er der Täter ist, gesteht er dann ja vielleicht.« Jan sah Sina mit großen Augen an.

»Reines Wunschdenken«, seufzte sie und griff erneut zum Weinglas. »Außerdem, was meinst du mit *unter Druck setzen*? Wir sind hier nicht im Wilden Westen.«

Jan lachte und hob ebenfalls sein Glas, um mit Sina anzustoßen. »Zum Glück nicht. Wir sind hier auf

Sylt.«

»Wo es manchmal auch ziemlich wild zugeht«, meinte Sina.

Kapitel sieben

Sina war früh aufgestanden und hatte sich ein ausgedehntes Frühstück im Café Extrablatt gegönnt. Anschließend war sie zu Fuß zum Polizeirevier gegangen, wo sie zuvor schon ihren Wagen geparkt hatte. Anders als am Vortag war Sina heute mit etwas mehr Zuversicht auf dem Weg zu ihrem Schreibtisch.

Wir haben den Requisitendolch. Vielleicht findet die Spurensicherung ja DNA-Spuren oder sogar Fingerabdrücke. Entweder am Dolch direkt oder an dem Stoffstück, in das er eingewickelt war.

»Moin«, grüßte Sven und klopfte an den Rahmen der offen stehenden Tür zu Sinas Büro. »Wie lief gestern die Befragung von Natalie Drewes?«

Sina setzte Sven ins Bild und erklärte ihm auch, dass sie von der Unschuld der Dramaturgin überzeugt war. »Sie ist seelisch äußerst labil, so eine kaltblütige Tat traue ich ihr einfach nicht zu.«

Sven sah Sina nachdenklich an. »Das Problem ist nur: Wem von den Verdächtigen trauen wir die Tat denn überhaupt zu? Da ist doch keiner dabei, der sich als Täter geradezu anbietet. Die machen alle einen mehr oder weniger harmlosen Eindruck. Nach unserem Gefühl dürfen wir in diesem Fall nicht gehen.«

Sina dachte an das zurück, was Jan am Vorabend beim Essen gesagt hatte. Vielleicht sollte sie sich doch noch einmal ganz genau mit Corbinian Kupfer beschäftigen.

»Ich frage mich, ob Kupfer sich dadurch verdächtig gemacht hat, dass er jetzt so urplötzlich den Dolch gefunden hat«, meinte sie.

»Du denkst, er hat ihn nur gefunden, weil er ihn zuvor selbst dort versteckt hatte? Aber warum ausgerechnet jetzt? Dann hätte er doch schon vor ein paar Tagen ankommen können.« Sven klang skeptisch.

Sina zuckte mit den Schultern. »Ja, stimmt, das ist zu weit hergeholt. Ich glaub da ehrlich gesagt selbst nicht dran.« Sie zog das Telefon zu sich heran. »Ich rufe mal in Kiel an, ob die uns schon eine Einschätzung geben können, wann sie ein Ergebnis für uns haben.«

»Viel Glück damit«, meinte Sven lapidar und wandte sich zum Gehen.

Sina schnitt eine Grimasse, wählte aber trotzdem die Telefonnummer der Spurensicherungsabteilung in Kiel.

Dort wurde ihr jedoch wie befürchtet nur lapidar mitgeteilt, dass es noch einige Tage dauern würde, bis Dolch und Molton untersucht werden könnten.

»Wir kommen mit der Arbeit kaum hinterher, wie immer.«

Nach dieser unerfreulichen Auskunft wusste Sina nicht so recht, was sie mit sich anfangen sollte. Sie holte ihr persönliches Memo auf den Bildschirm und ging es erneut durch, in der Hoffnung, dass ihr etwas Neues auffallen würde.

Gerade als sie das Dokument frustriert wieder schließen wollte, klingelte ihr Telefon. Eine Kollegin war am Apparat.

»Ich habe einen Anruf wegen des gesuchten Dolches«, sagte sie lapidar.

Sina war wie elektrisiert. »Ist der Anrufer noch dran? Kannst du ihn gleich zu mir durchstellen?«

»Selbstverständlich. Augenblick.«

Ein leises Knacken, dann hatte Sina den Anrufer in der Leitung. Es handelte sich um den Messerschmied Zacharias Huber aus Sindelfingen bei Stuttgart. Dass Sina es mit einem echten Schwaben zu tun hatte, hörte sie bereits am ausgeprägten Dialekt des Mannes.

Sina bedankte sich, dass er sich auf den Aufruf hin gemeldet hatte.

»Ich habe den Dolch auf dem Foto sofort wiedererkannt. Ich habe auch noch die Fotos gespeichert, die mir der Kunde geschickt hatte. Die Fotos, nach denen ich gearbeitet habe, meine ich.«

»Lief das per E-Mail ab?«, wollte Sina wissen.

»Die Bestellung ging über meine Website ein«, erklärte Huber. »Ich habe einen Onlineshop, über den ich aber auch Auftragsarbeiten annehme.«

»Wie hieß denn Ihr Auftraggeber? Haben Sie diese Informationen vorliegen?«

»Ja, natürlich. Ist alles in meinem Computer gespeichert. Ich habe die Details hier vor mir auf dem Bildschirm.« In der Stimme des Messerschmiedes schwang Stolz auf sein Organisationstalent mit. »Johan König war der Name. Er hat mir mehrere Fotodateien und die genauen Maße gesendet. Bezahlt hat er im Voraus per PayPal.«

Sina kritzelte den Namen auf ihren Notizblock. »Könnten Sie mir bitte die E-Mail-Adresse geben?«

»Natürlich.« Huber nannte Sina eine Adresse eines kostenlosen Anbieters.

Schwer zurückzuverfolgen, aber nicht unmöglich, dachte sie, während sie die E-Mail-Adresse notierte.

»Wie hat Ihr Kunde den Dolch denn erhalten? Hat er ihn bei Ihnen abgeholt oder haben Sie ihn verschickt?«

»Den habe ich mit der Post nach Hamburg geschickt.«

Sina atmete zischend ein. *Hamburg, das heißt*

dann wohl, dass alle Sylter, die zum Kreis der Verdächtigen zählen, fein raus sind.

»Der Herr König wollte, dass ich den Dolch an eine Postfachadresse schicke, aber für die Rechnungsstellung hat er mir eine Straßenanschrift genannt. Hinterer Weg 25 in Hamburg.«

Sina runzelte die Stirn und zog das Keyboard ihres Computers zu sich heran. Sie bat Huber, einen Moment zu warten, und gab die Adresse in eine Suchmaschine ein.

In Hamburg gab es keine Straße mit dem Namen Hinterer Weg.

Wäre ja auch zu schön gewesen. Dass der Name falsch ist, ist ja wahrscheinlich sowieso klar. Dass ein Johan König einen Dolch bestellt, mit dem dann ein Schauspieler getötet wird, der die Rolle eines Königs spielt, ist doch garantiert kein Zufall.

Sina bat den Messerschmied auch noch um die Postfachadresse. Dann diktierte sie ihm ihre E-Mail-Adresse, damit er ihr die E-Mails und Fotos des mysteriösen Auftraggebers weiterleiten konnte.

»Eine Frage noch, rein aus Neugier: Wie viel hat der Dolch denn gekostet?«

»500 Euro zuzüglich Mehrwertsteuer und Versand«, lautete die Antwort. »Eine Kopie meiner Rechnung schicke ich Ihnen ebenfalls gerne zu.«

Sina bedankte sich erneut und beendete das Gespräch. Dann sprang sie auf und eilte in Svens Büro, um ihren Kollegen zu informieren.

»500 Euro hat er sich das kosten lassen? Ganz schön teurer Spaß«, meinte Sven.

»Das liegt doch immer im Auge des Betrachters. Marc Rohde loszuwerden wäre dem Mörder vielleicht noch viel mehr wert gewesen.«

»Wir müssen jetzt also nur noch herausfinden, wer hinter diesem Johan König steckt. Als Anhaltspunkte haben wir die E-Mail-Adresse und das Postfach. Das Postfach muss er ja irgendwie gemietet haben, das sollten wir problemlos in Erfahrung bringen können.« Svens Augen glänzten, er schien voller Tatendrang. Endlich hatten sie den seit Tagen ersehnten Durchbruch.

»Vergiss nicht, dass er mit PayPal gezahlt hat. Da sollte es auch möglich sein, den Inhaber des Kontos in Erfahrung zu bringen«, sagte Sina.

»Wird aber dauern. Die rücken doch ihre Daten immer ewig nicht raus. Aber klar, ich kümmere mich sofort um den Beschluss.« Sven zog seine Tastatur näher zu sich heran.

»Ich hätte sofort auf dich hören sollen«, sagte Sina, »statt mit dem öffentlichen Aufruf zu warten.«

Sven grinste sie an. »Tja, hinterher ist man immer schlauer. Also Beschlüsse für den E-Mail-Anbieter, PayPal und das Postfach. Sonst noch was?«

Sina grinste zurück. »Damit dürftest du erst mal eine Weile beschäftigt sein, oder? Ich recherchiere solange den Namen Johan König. Der ist zwar garantiert falsch, schließlich ist König ein Hinweis auf Marc Rohdes Rolle. Der hätte in Die Tragödie der Jungfrau ja den König gespielt. Aber vielleicht finde ich irgendwo im Umfeld eines unserer Verdächtigen einen Johan, Hans oder John.«

***

Sina hatte alle im Laufe der Ermittlungen angelegten Dateien nach den Namen Johan, Johannes, Hans und sogar Jonathan durchsucht. Ohne Ergebnis. Aufs

Geratewohl gab sie auch noch den Namen John als Suchbefehl ein.

Ein Treffer.

In einem der Dokumente über Corbinian Kupfer wurde erwähnt, dass seine Mutter einen Bruder namens John hatte.

Naja, das ist wirklich nur ein Zufall. Das kann ich außer Acht lassen.

Der Signalton für eine neu eingegangene E-Mail ertönte. Sie kam von Zacharias Huber und enthielt die versprochenen Fotos und Dokumente.

Gespannt öffnete Sina zuerst die Bilddateien. Der bronzefarbene Requisitendolch mit dem hübsch verzierten Griff lag auf einem hellbraunen, gemaserten Untergrund.

Es gab zwei verschiedene Fotos, eines, auf dem der Dolch im Ganzen zu sehen war, und eine Großaufnahme des Griffes. Dort konnte man deutlich erkennen, dass es sich um einen Requisitendolch handelte, bei dem die Klinge im Griff verschwinden konnte.

Sina musterte den Untergrund, auf dem der Dolch lag.

Sieht aus wie eine Tischplatte. Sind das die Fotos von der Website des Requisitenhandels?

Rasch öffnete sie den Internetbrowser und suchte in ihren Lesezeichen, denn natürlich hatte sie diese Website gespeichert.

Auf den ersten Blick sah sie, dass es sich nicht um dieselben Bilder handelte.

Er hat sich also die Mühe gemacht, den Dolch selbst zu fotografieren. Wahrscheinlich im Theater. Das könnte der Tisch in der Werkstatt sein.

Sina überlegte kurz, dann rief sie die Requisiteurin an. Anja Jörden meldete sich sofort.

»Moin, Frau Jörden. Ich habe nur eine ganz kurze Frage. Haben Sie oder jemand anders aus dem Team Fotos des Requisitendolches gemacht?«

Jördens Stimme klang verwundert, als sie antwortete. »Nein, dafür gab es keinen Grund. Ich habe nur eine kurze Beschreibung in das Produktionsbuch eingetragen. Aber Fotos machen wir da keine.«

»Und außer der Reihe, also nicht im Rahmen der Inszenierung, hat da jemand Fotos gemacht? Aus persönlichem Interesse zum Beispiel.«

»Nicht dass ich wüsste«, lautete die Antwort.

Sina bedankte sich. Dann hatte sie eine neue Idee. Sie klickte auf eines der Fotos, um die Bildeigenschaften anzuzeigen.

Natürlich war kein Autor angegeben und auch die Informationen dazu, mit was für einer Kamera das Foto aufgenommen worden war, fehlten. Doch immerhin gab es ein Detail, mit dem Sina vielleicht etwas anfangen könnte. Das Aufnahmedatum samt Uhrzeit.

Zwei Wochen vor dem Mord. Wir hatten recht, der Täter hat lange im Voraus geplant.

Sina verglich das Datum, an dem das Foto gemacht worden war, mit dem Datum, an dem die Anfrage bei Zacharias Huber eingegangen war. Die erste E-Mail von Johan König hatte der Messerschmied nur zehn Minuten nach dem Aufnahmedatum erhalten.

Dass es sich um einen Eilauftrag handelt, hat Johan König auch gleich in die Betreffzeile geschrieben. In der Nachricht erwähnte er dann auch noch, dass er bereit wäre, einen Zuschlag zu zahlen.

Nachdenklich sah Sina auf den Bildschirm.

Ich habe das Datum und die Uhrzeit. Falls die Fo-

tos vom Dolch im Theater gemacht wurden, kann ich damit etwas anfangen?

Vor ihrem inneren Auge tauchte Wolf Burghardt, der Pförtner des Theaters auf. Das große Buch, in dem er akribisch alles Kommen und Gehen dokumentierte.

Erneut griff Sina zum Telefon. Dieses Mal galt ihr Anruf dem Theater-Pförtner.

Burghardts Stimme klang aufgeregt, als er auf Sinas Nachfrage antwortete. »Aber sicher. Alle, die das Haus durch den Bühneneingang betreten, müssen sich eintragen. Schließlich müssen wir jederzeit wissen, wer sich im Theater aufhält. Geben Sie mir bitte das Datum, um das es Ihnen geht.«

Sina holte tief Luft und nannte Burghardt zunächst das Datum. Sie bildete sich ein, dass sie durch die Leitung hören konnte, wie der Pförtner die Seiten seines großen, dicken Buches umblätterte.

»Ah ja, hier haben wir den Tag. Welche Uhrzeit bräuchten Sie denn bitte?«

»19 Uhr 23«, sagte Sina.

Wolf Burghardts Enttäuschung war deutlich hörbar, als er antwortete: »Oh, das tut mir leid. Ich bin nur an Tagen, an denen Vorstellungen sind, abends hier. Das war aber ein reiner Probentag. Da bin ich um 18 Uhr nach Hause gegangen.«

Sina blies die Backen auf. *Wäre ja auch zu schön gewesen.*

Doch so leicht wollte sie sich nicht geschlagen geben.

»Wer war denn noch anwesend, als Sie Feierabend gemacht haben. Können Sie das sehen?«

»Hm, ich weiß nicht, ob sich vielleicht jemand auch in meiner Abwesenheit ausgetragen hat«, meinte der Pförtner. »Aber lassen Sie mich sehen. Ah ja, Herr Voss hat sich an diesem Abend nicht ausgetragen, der war also um 18 Uhr auf jeden Fall noch anwesend. Frau Lorenzen und Herr Rohde haben sich um 19 Uhr 15 ausgetragen, Herr Kupfer um 19 Uhr.«

Sina schrieb eifrig mit. »Wie sieht es mit Frau Jörden, Frau Drewes und Frau Engels aus?«

»Frau Engels ging bereits um 17 Uhr 30, die wurde wohl nicht länger für die Proben benötigt. Frau Jörden und Frau Drewes haben sich ebenfalls nicht ausgetragen.«

Sina bedankte sich und legte auf. Sie malte einen Kringel um den Namen Engels.

Damit wäre Selina definitiv aus dem Rennen. Sie kann das Foto nicht gemacht haben.

Dann zog sie auch Kreise um die Namen Lorenzen und Kupfer.

Wenn die Zeitangaben exakt stimmen, waren die beiden zum Zeitpunkt der Fotoaufnahme auch nicht mehr im Theater, scheiden also ebenfalls aus.

Somit blieben Robert Voss, Anja Jörden und Natalie Drewes übrig.

Voss ist der Einzige, der in Hamburg lebt. Hat er den Dolch nachmachen lassen?

Sina ging in Svens Büro, um ihrem Kollegen mitzuteilen, was sie herausgefunden hatte.

»Dann konzentriere ich mich mal darauf, ob Voss diese E-Mail-Adresse registriert und das Postfach angemietet hat«, meinte Sven.

»Ich sehe mir solange noch einmal ganz genau alles Material durch, das wir über ihn haben«, sagte Sina.

Mit frischem Elan setzte sie sich wieder an ihren Schreibtisch. War sie endlich auf den entscheidenden

Hinweis gestoßen? War der Regieassistent der Mörder von Marc Rohde?

***

Robert drehte und wendete die Visitenkarte in seinen Händen. Hatte er noch am Vorabend jeden Gedanken daran, die Polizei zu kontaktieren, weit von sich geschoben, so waren jetzt die Zweifel wieder da.

Es ist ja nicht so, dass ich konkret jemanden beschuldigen würde. Ich würde nur eine Beobachtung mitteilen, die ich gemacht habe. Ich würde ja auch dazu sagen, dass ich mich vielleicht täusche.

Trotzdem zögerte Robert.

Es kommt mir so falsch vor. So hintenrum. Mein Bauchgefühl sagt mir, dass es ein Fehler wäre, mit der Polizei zu sprechen. Nicht bevor ich mir Gewissheit verschafft habe.

Er ließ Sina Martens Visitenkarte auf den Tisch fallen.

Doch wie kann ich mir Gewissheit verschaffen? Da gibt es eigentlich nur einen Weg.

Er musste mit der Person, die seine Beobachtung betraf, sprechen.

Dann klärt sich sicher alles auf. Es gibt garantiert eine vollkommen harmlose Erklärung.

***

Ich sehe einfach kein Motiv. Warum hätte Robert Voss Marc Rohde umbringen sollen?

Sina schüttelte den Kopf.

Wahrscheinlich ist es am besten, wir warten ab, was bei unseren ganzen laufenden Nachforschungen herauskommt. Sobald wir wissen, ob Voss' DNA am Requisitendolch nachgewiesen werden konnte oder ob er das Postfach in Hamburg angemietet hat, haben wir Klarheit. Das Motiv müssen wir dann im Verhör aus ihm herausbekommen.

Sie hielt sich eine Hand vor den Mund und gähnte ausgiebig. Sie war müde, obwohl sie nach dem Abendessen mit Jan allein nach Hause gefahren war. Jan hatte zwar vorgeschlagen, dass sie bei ihm übernachtete und sie endlich nachholten, was sie schon fünf Tage zuvor geplant hatten. Er habe ja auch immer noch die kleine Reisetasche daheim, die sie damals gepackt hatte.

Doch Sina hatte abgelehnt und ihren Freund darauf hingewiesen, dass sie keine gute Gesellschaft wäre, solange sie den Kopf voll mit ihrem aktuellen Fall hatte. *Lass uns noch ein wenig warten, in ein paar Tagen sollte sich der größte Stress gelegt haben*, hatte sie gesagt. Jan hatte Verständnis gezeigt, was Sina sehr erleichtert hatte.

Trotzdem habe ich letzte Nacht viel zu wenig Schlaf bekommen. Das muss ich auch bald ändern, ich muss abends besser und schneller abschalten können.

Sie nahm sich wieder die Unterlagen über Robert Voss vor und überlegte, ob sie sich noch einmal mit ihm unterhalten sollte.

Ich könnte ihm mehr und gezieltere Fragen über sein Verhältnis zu Marc Rohde und Christine Lorenzen stellen.

Sina zog ihren Notizblock zu sich heran und begann damit, Fragen an Robert Voss zu formulieren.

***

Robert klopfte sachte an die Zimmertür. Als er ein leises *Herein* hörte, drückte er die Klinke nach unten und trat ein.

Natalie saß im Schneidersitz auf ihrem Bett, in graue Leggings und ein braunes Sweatshirt gekleidet, vor sich eine aufgeschlagene Zeitschrift. Als sie Robert sah, lächelte sie. »Das ist lieb von dir, dass du mich besuchen kommst.«

Ein wenig unsicher reichte Robert ihr den Blumenstrauß, den er auf dem Weg ins Krankenhaus besorgt hatte. »Ich wusste nicht, was ich dir mitbringen soll. Da dachte ich, Blumen gehen immer.«

Natalies Lächeln wurde strahlender. »Ja, Blumen gehen immer, da hast du recht.«

Sie stand auf und ging in das angrenzende Badezimmer. »Ich lege sie ins Waschbecken, bis ich eine Schwester um eine Vase bitten kann.«

Robert zog einen unter dem wandmontierten Fernseher stehenden Stuhl etwas näher zum Bett und nahm Platz.

Als Natalie zurückkam, setzte sie sich mit untergeschlagenen Beinen auf die Bettkante. »Wie läuft es im Theater? Es tut mir so leid, dass ihr wegen mir …«

Robert hob eine Hand, um Natalie zu unterbrechen. »Die Arbeit ist doch nicht wichtig. Wichtig ist jetzt nur, dass du wieder ganz gesund wirst.«

Ein wenig Traurigkeit lag in Natalies Augen, die ihr Lächeln jetzt nicht mehr erreichte. »Schon, aber ich fühle mich schrecklich, dass ich euch so im Stich lasse. Gerade jetzt, wo alles so schwierig ist.« Sie verschränkte die Hände. »Also erzähl mir alles. Hat Weiss mittlerweile nachgegeben?«

Robert dachte nach. Natalie war überhaupt nicht auf dem neuesten Stand, sie wusste ja noch nicht einmal, dass der Intendant Die Tragödie der Jungfrau abgesetzt hatte, statt die Rolle des Königs neu zu besetzen.

Als er ihr erklärte, dass sie Pygmalion probten und die Sylter Bühne ab der kommenden Woche eine ältere Produktion wieder auf den Spielplan setzen würde, weiteten sich Natalies Augen.

»Der arme Corbinian, wie furchtbar das für ihn sein muss.«

Robert wunderte sich ein wenig über Natalies Reaktion. Wieso dachte sie sofort an Corbinian?

Sie schien seinen fragenden Blick bemerkt zu haben und fuhr fort: »Das Stück bedeutet ihm doch so viel. Er nimmt das jetzt doch sicher sehr persönlich.«

»Das Stück bedeutet ihm viel?« Jetzt war Robert verblüfft. »In welcher Hinsicht? Und woher weißt du das?«

Natalie zupfte an ihrer Bettdecke herum. »Ich weiß nicht, ob ich dir das jetzt alles so brühwarm erzählen darf. Ich will Corbinians Vertrauen nicht missbrauchen.«

»Du sprichst in Rätseln«, meinte Robert.

Natalie schloss kurz die Augen, schien zu überlegen. »Wobei er ja nie gesagt hat, ich solle es für mich behalten. Unser ganzes Gespräch damals fühlte sich nur so an, als ob er sich mir anvertraut. Das war zu Probenbeginn. Wie wir wahrscheinlich alle hatte ich mich gewundert, dass er so unbedingt dieses wenig bekannte Stück inszenieren will. Als ich ihn darauf ansprach, sagte er, es sei für ihn eine Herzensangelegenheit, diese Tragödie auf die Bühne zu bringen.« Kurz schwieg Natalie, holte dann tief Luft und sprach weiter. »Seine Mutter war Schauspielerin, wusstest du das?«

Robert nickte. *Was kommt jetzt?*

»Sie ist wohl sehr jung gestorben, da war Corbinian noch ein Kind«, fuhr Natalie fort.

»Was hat das mit der Inszenierung zu tun?«

»Sie hat im Londoner West End die Evadne gespielt. Das war ihre letzte Rolle. Corbinian hat sie in Die Tragödie der Jungfrau auf der Bühne gesehen. Zum ersten und letzten Mal, hat er gesagt.«

»Darum hat er so verbissen um dieses Stück gekämpft«, sagte Robert. »Das hat mich von Anfang an erstaunt. Diese Seite an ihm kannte ich vorher noch gar nicht. Dabei habe ich ja schon öfter mit ihm zusammengearbeitet. Normalerweise ist er durchaus kompromissbereit. Aber diese Inszenierung hat er mit aller Macht bei Weiss durchgeboxt.«

Natalie sah ihn traurig an. »Was ja jetzt doch nicht geklappt hat. Es tut mir so leid für ihn.« Sie wandte den Blick ab. »Wenn die Sache mit Marc nicht passiert wäre, dann wäre es eine großartige Inszenierung geworden. Ich weiß, es war sehr stressig und hektisch kurz vor der Kostümprobe und der Premiere, aber ich bin mir ganz sicher, dass wir da eine wundervolle Produktion auf die Beine gestellt hatten. Schade um die viele gute Arbeit, alles umsonst.«

»Wäre es dir denn lieber gewesen, wir hätten mit einem anderen Schauspieler weitergemacht?«, fragte Robert sanft.

Natalie nickte stumm.

Einen Moment schwiegen sie, dann fragte die Dramaturgin: »Weißt du, ob die Polizei mit der Suche nach Marcs Mörder vorankommt? Diese Polizistin war bei mir und ich hatte das Gefühl, sie haben keinerlei Anhaltspunkte.«

Robert verschränkte die Hände auf den Knien.

»Ich weiß es nicht. Vor Kurzem haben wir im Theater nachgestellt, wer sich vor der Tat wo aufgehalten hat und mit wem. Aber dabei kam nichts heraus. Es hätte wirklich jeder von uns gewesen sein können.«

»Aber warum hätte jemand Marc töten wollen?« In Natalies Augen schimmerte es. Robert sah, dass sie den Tränen nahe war.

»Naja, er hat schon überall angeeckt«, meinte Robert. »Ich habe ihn auch nicht sonderlich gemocht. Aber dass ihn jemand so sehr verabscheut hat ...« Er hob die Schultern. »Das hätte ich auch nie gedacht.«

»Meinst du, es war Christine?«, fragte Natalie mit leiser Stimme.

»Wieso denkst du ausgerechnet an sie?«

»Sie hätte doch am ehesten einen Grund haben können, oder? Sie war seine Lebensgefährtin.« Natalie sah ein wenig hilflos aus, als sie die Schultern hochzog. »Wir wissen doch alle nicht, wie diese Beziehung lief.«

Dass er ihr nicht treu war, haben wir aber alle mitbekommen. Robert hütete sich, diesen Gedanken laut auszusprechen. Er wollte Natalie nicht unnötig aufregen.

»Lass uns hoffen, dass die Polizei den Fall bald aufklärt«, sagte er vage. Dann verabschiedete er sich von Natalie und verließ nachdenklich das Krankenhaus.

Christine? Vielleicht hat Natalie recht und ich liege mit meiner vermeintlichen Beobachtung total daneben.

Dann fiel ihm wieder ein, was Natalie über Corbinians Mutter erzählt hatte.

Darüber hat er nie geredet, das muss ein sehr traumatisches Erlebnis für ihn gewesen sein.

Robert blieb stehen und sah sich um. An der nächsten Straßenecke entdeckte er ein kleines Café. Entschlossen ging er darauf zu und setzte sich an einen der runden Tische im Inneren des Cafés.

Noch bevor er etwas zu trinken bestellte, zog er sein Smartphone hervor und startete eine Internetsuche nach Corbinians Mutter.

***

»Das ging jetzt schneller als erwartet«, sagte Sven und legte einen Ausdruck auf Sinas Schreibtisch. »Das Postfach wurde von einer Susanne Görgen angemietet. Adresse Ibsenstraße in Hamburg.«

Wie elektrisiert sah Sina ihren Kollegen an. »Wie bitte? Wir haben einen Namen und eine Adresse für das Postfach?« Verwirrt hob sie den Ausdruck hoch. »Aber wer ist diese Susanne Görgen? Der Name ist uns garantiert noch nicht untergekommen.«

Sven zuckte mit den Schultern. »Das ist jetzt der nächste Schritt. Ich bin sofort zu dir gekommen, als ich diesen Namen erhalten habe. Ich habe die Frau noch nicht überprüft.«

Mit fliegenden Fingern loggte Sina sich in die Datenbank ein. »Ich sehe hier vier Frauen mit dem Namen Susanne Görgen in Hamburg, aber keine ist in der Ibsenstraße gemeldet.«

Sie startete eine neue Anfrage, dieses Mal nach der Straßenadresse. Als das Ergebnis auf ihrem Bildschirm erschien, keuchte sie überrascht auf.

»Das ist die Adresse des Scaena Theaters«, sagte sie.

»Was?« Sven beugte sich vor und sah ihr über die Schulter.

»Das Theater, an dem Kupfer, Voss und Lorenzen zusammen gearbeitet haben.« Sina wechselte zum Internetbrowser und rief die Website des Scaena Theaters auf.

Wenig später tippte sie triumphierend mit dem Zeigefinger auf den Monitor. »Susanne Görgen ist die Sekretärin des Intendanten.«

Sie sah zu Sven auf. »Die muss sofort befragt werden. Entweder sie ist die Mörderin oder sie hat dem Mörder einen Gefallen getan, indem sie das Postfach für ihn eingerichtet hat.«

Svens Augen leuchteten. »Ich rufe sofort in Hamburg an und veranlasse das.«

»Außerdem möchte ich, dass Lorenzen, Kupfer und Voss zu Befragungen hierher ins Revier gebracht werden. Bitte kümmere dich auch darum.«

Sven nickte und verschwand in sein eigenes Büro. Sina wandte sich wieder dem Computer zu.

Entweder diese Frau Görgen ist die Täterin oder es war eine der drei Personen, die bis vor Kurzem an diesem Theater gearbeitet haben.

Eine kurze Suche brachte keinerlei Beziehungen zwischen Marc Rohde und einer Theatersekretärin namens Susanne Görgen zutage. Aber Sina war klar, dass das nichts heißen musste.

Sie könnte mit Christine Lorenzen befreundet sein und so auch Marc Rohde kennengelernt haben. Außerdem darf ich die Möglichkeit nicht aus den Augen verlieren, dass es einer der anderen drei war. Vielleicht ist Görgen ja eine Freundin oder gar Verwandte von Robert Voss? Oder von Corbinian Kupfer?

Jetzt fiel Sina wieder ein, dass Corbinian Kupfer einen Onkel namens John hatte.

John ist das englische Äquivalent zu Johan, dachte sie. *Vorhin dachte ich noch, das sei zu weit hergeholt, aber vielleicht sollte ich da doch einmal genauer recherchieren.*

Sie überlegte. Der Name John Quinn war natürlich nicht gerade selten. Wie könnte sie die Suche einengen, sodass sie nur Ergebnisse für den John Quinn angezeigt bekam, nach dem sie tatsächlich suchte? Aufs Geratewohl startete sie eine Suche nach *John Quinn* und *Lucy Quinn.*

Sinas Augen weiteten sich, als sie sah, wie viele Treffer diese Suche erzielt hatte.

Zeile um Zeile drängten sich Links zu alten englischsprachigen Zeitungsartikeln auf dem Bildschirm.

Wo fange ich da nur an?

Wahllos klickte Sina auf einen der Links. Er führte sie zu einem aus einem Zeitungsarchiv eingescannten Artikel. Die Auflösung war nicht gerade ideal, sodass der Text ein wenig schwer zu entziffern war.

Dazu kam, dass Sinas Englischkenntnisse alles andere als perfekt waren. Die Möglichkeit, einen gescannten Artikel einfach von Google übersetzen zu lassen, gab es leider nicht. Also behalf sie sich damit, einzelne Sätze, die sie nicht richtig verstand, abzutippen und in Google Translate zu kopieren.

Die Überschrift des alten Zeitungsartikels verstand sie jedoch auch so: *Actress in Real-Life Maid's Tragedy.*

The Maid's Tragedy ist der Originaltitel des Stückes Die Tragödie der Jungfrau, dachte Sina. *Und die Schauspielerin, die sich da in einer Tragödie im wahren Leben wiederfand, wird Corbinians Kupfers Mutter gewesen sein.*

Tatsächlich beschrieb der Artikel Lucy Quinns

Tod. Die Rolle der Evadne an einem renommierten Theater im West End von London hätte der große Durchbruch für die junge Schauspielerin sein sollen.

Doch die Inszenierung fand trotz guter Kritiken beim Publikum nur wenig Anklang. Die Ticketverkäufe waren weit hinter den Erwartungen zurückgeblieben, sodass schon gemunkelt wurde, dass das Stück wohl bald wieder abgesetzt werden würde.

Dann kam es eines Freitagabends zur Tragödie. In der Szene, in der Evadne kurz vor Ende des letzten Aktes Selbstmord begeht, klemmte der Requisitendolch.

Lucy Quinn stieß sich den Dolch mitten ins Herz. Sie starb noch auf der Bühne.

Sina bekam Gänsehaut am ganzen Körper, als sie diese Schilderung las. Sie schlug eine Hand vor den Mund. *Wie furchtbar.*

Doch der Artikel war noch nicht zu Ende. Sina las weiter.

Im nächsten Absatz ging es um die Schuldfrage. Wie konnte es dazu kommen, dass ein defekter Requisitendolch eingesetzt wurde? Vor allem, da derselbe Dolch bereits in einer früheren Szene benutzt worden war und da einwandfrei funktioniert hatte.

Ein Mitarbeiter der Produktion wurde zitiert und erklärte, dass dies eingehend untersucht werden würde. Wer der Zeitung nicht für einen Kommentar zur Verfügung gestanden hatte, war der Requisiteur selbst. Der war nämlich laut dem Artikel mit schwerem Schock in ein Krankenhaus eingeliefert worden. Handelte es sich bei der Toten doch um seine jüngere Schwester.

John Quinn war für die Requisiten zuständig gewesen und somit auch für den Dolch, mit dem seine

Schwester Lucy sich getötet hatte.

Sina schluckte heftig. Das Gefühl, dass diese alte Geschichte, die sie da las, etwas mit ihrem eigenen Fall zu tun hatte, war übermächtig.

Nur was? Es war nicht Evadne, die hier auf Sylt starb, es war der König. Evadne war diejenige, die ihn getötet hat.

Fieberhaft dachte Sina nach. In beiden Fällen hatte die Schauspielerin, die Evadne darstellte, den Dolch geführt. Im ersten Fall gegen sich selbst, im zweiten Fall gegen einen anderen Schauspieler. Im ersten Fall war es ein tragischer Unfall, der Dolch war defekt. Im zweiten Fall war es Absicht, der Dolch war ausgetauscht worden.

Ich muss mehr darüber erfahren, was damals genau passiert ist. Es gab doch sicher auch eine polizeiliche Untersuchung.

Sie wandte sich wieder den Suchergebnissen zu, las noch einen weiteren Artikel über die Tragödie um Lucy Quinn. Dieser beschrieb, dass die Polizei nach gründlichen Untersuchungen ein Fremdverschulden ausgeschlossen hatte. Der Fall wurde als tragischer Unfall zu den Akten gelegt.

Sina wollte den Artikel schon schließen, überflog dann aber doch noch den letzten Absatz. Und erstarrte.

Langsam, Wort für Wort las sie die letzten Sätze des Zeitungsartikels noch einmal. Um ganz sicher zu gehen, dass sie alles richtig verstanden hatte, tippte sie den Text sorgfältig in Google Translate ein, las die automatische Übersetzung.

Besonders erschütternd war der Tod von Lucy Quinn für deren Ehemann und Sohn, die sich am Abend der Katastrophe im Publikum befanden. Ge-

schäftsmann Lukas Kupfer, der dreizehn Jahre mit der Schauspielerin verheiratet war, stammt ursprünglich aus Hamburg. Dorthin will er nun mit seinem zehnjährigen Sohn zurückkehren.

Sina atmete tief durch. *Corbinian Kupfer und sein Vater saßen im Publikum, als es passiert ist? Lucy Quinn starb vor den Augen ihres kleinen Sohnes?*

Sie stand auf, es hielt sie nicht mehr auf ihrem Bürostuhl. Als sie ans Fenster trat, sah sie, dass es angefangen hatte zu regnen.

Kupfer sieht, wie seine Mutter auf offener Bühne stirbt. Jahre später will er ausgerechnet das Stück inszenieren, in dem sie ihre letzte Rolle spielte. Warum? Als Katharsis, um sein Kindheitstrauma zu überwinden? Dann geschieht bei den Proben wieder eine Tragödie, wieder stirbt ein Schauspieler.

Sina schüttelte den Kopf, als könne sie so die Gedanken in ihrem Kopf ordnen.

Was heißt das jetzt? Ist Kupfer der Mörder oder gibt es jemanden, der ihn so sehr hasst, dass er nicht einmal davor zurückschreckt, einen Menschen zu töten, um Kupfer Schaden zuzufügen?

Blicklos starrte Sina auf die Fensterscheibe, über die Regentropfen liefen.

Eigentlich ist nur eins klar: Die Person, die beide Fälle verbindet, ist Corbinian Kupfer. In seiner Person liegt die Lösung des Falles.

***

Robert legte das Smartphone beiseite. Der Kaffee, den er bestellt hatte, war längst kalt geworden. Geistesabwesend nahm er trotzdem einen Schluck. Er verzog das Gesicht und stellte die Tasse schnell wieder ab.

Wenn ein Schriftsteller oder Drehbuchautor so eine Story verfassen würde, dann würden sämtliche Kritiker aufjaulen und schreiben, das sei unrealistisch und überkonstruiert.

Doch die Geschichten, die das Leben schrieb, waren oft weitaus dramatischer als jegliche Fiktion.

Warum wollte Corbinian unbedingt das Stück inszenieren, das seine Mutter das Leben gekostet hat? Man würde doch denken, dass er die damaligen Geschehnisse vergessen, ja sogar verdrängen will.

Robert tastete nach seinem Handy. Es gab wirklich nur einen Weg, um eine Antwort auf seine Fragen zu erhalten. Er musste so schnell wie möglich mit Corbinian sprechen.

***

»Sven, sind Lorenzen, Voss und Kupfer schon hier?«

Sven zuckte zusammen, als seine Chefin in sein Büro stürmte. »Lorenzen ist auf dem Weg hierher. Sie war die Einzige, die die Kollegen daheim angetroffen haben. Ich schätze, Kupfer und Voss sind im Theater. Ich wollte Voss gerade auf dem Handy anrufen.«

Sina winkte ab. »Spar dir das. Wir fahren ins Theater. Sofort.«

Beunruhigt sah Sven Sina an. »Was ist denn los? Warum bist du so aufgeregt?«

»Das erkläre ich dir unterwegs.«

Kapitel acht

Robert hatte noch im Café Corbinians Handynummer gewählt. Zu seiner Überraschung war der Regisseur nicht in der für ihn angemieteten Wohnung, sondern hielt sich im Theater auf.

»Ich arbeite am Text«, hatte er erklärt. »Das wird noch eine Weile dauern.«

Kurz hatte Robert gezögert. Doch im Endeffekt war es ja egal, ob er mit Corbinian in dessen Wohnung oder im Theater sprach.

Deswegen lenkte Robert nun seinen Mietwagen auf den Parkplatz des Theaters. Er klingelte am Bühneneingang und wartete.

Zum Glück hatte der Regen mittlerweile aufgehört, denn es dauerte eine Weile, bis Corbinian öffnete, schließlich befand sich sein Büro im ersten Stock.

»Was gibt es denn so Dringendes?« Der Regisseur klang ein wenig missmutig, schätzte es offenbar nicht, bei seiner abendlichen Arbeit gestört zu werden.

»Es wird nicht lange dauern«, meinte Robert.

»Von mir aus«, murmelte Corbinian und wandte sich der Treppe zu, die in den ersten Stock führte.

»Nein, warte, lass uns auf die Bühne gehen«, sagte Robert schnell. Er ging an Corbinian vorbei den Gang entlang, bevor der Regisseur Einwände erheben konnte.

Robert zog die Tür zur Bühne auf, schaltete die Beleuchtung für die Seitenbühne an und ging die Stufen hinauf.

»Was soll das alles?« Corbinian war ihm gefolgt, seine Körperhaltung drückte jedoch größten Widerwillen aus.

Robert trat an die Konsole, über die das Licht kontrolliert werden konnte, und schaltete einen einzelnen Scheinwerfer an. Ein gleißend heller Lichtkreis fiel auf die Mitte der Bühne.

Robert machte einige Schritte auf die Bühne, dann drehte er sich zu Corbinian um, der auf der Seitenbühne stehen geblieben war.

»An dem Abend, an dem Rohde starb, habe ich etwas gesehen, was mir im Nachhinein sehr seltsam vorkommt«, begann Robert.

»Ah, ja? Und was war das?«

»Es war ein wenig früher am Abend, ich weiß nicht genau, wann. Es ging ja alles sehr hektisch zu an diesem Tag.« Robert hielt kurz inne, sammelte sich, bevor er weitersprach. »Ich stand ungefähr da, wo ich auch jetzt stehe, und blätterte in meinem Textbuch.« Er sah zur Seite. »Neben mir stand das Bett. Als ich von meinem Textbuch aufblickte, sah ich dich auf der Seitenbühne.«

Corbinian trat einen Schritt vor. »So wie jetzt?«

Robert schüttelte den Kopf. »Nein, du standst neben dem Requisitentisch.« Er holte tief Luft. »Das Seltsame war jedoch, dass du nicht einfach nur dastandst. Du hast dich gebückt und den Moltonvorhang angehoben. Warum du das getan hast, konnte ich nicht sehen. Das Ganze dauerte auch nicht lange.«

Corbinian schwieg.

»Ich hatte diesen kurzen Moment ganz vergessen. Erst nachdem die beiden Polizisten hier waren und mit uns den Abend nachgestellt haben, fiel es mir wieder ein. Seitdem frage ich mich, warum du dich an dem Vorhang zu schaffen gemacht hast.«

Corbinian lachte auf. »Deswegen machst du dir

Gedanken? Mir wird etwas runtergefallen sein. Was weiß ich. Im Gegensatz zu dir kann ich mich nicht mehr daran erinnern, was ich an dem Tag alles getan habe.«

»Ich weiß von deiner Mutter«, sagte Robert abrupt. Er versuchte, Corbinians Miene zu lesen, doch das Gesicht des Regisseurs lag immer noch halb im Schatten.

»Ich habe vorhin alte Zeitungsartikel gelesen. Seitdem frage ich mich nur noch eines: Warum liegt dir so viel an diesem Stück? An einem Stück, mit dem du doch nur Schmerz und Verlust verbindest.«

Corbinian antwortete nicht.

»Natürlich warst du damals erst zehn Jahre alt, aber du wirst doch diesen Abend nie vergessen haben. Den Abend, an dem deine Mutter auf offener Bühne starb. Vor deinen Augen.«

Robert trat noch einen Schritt auf Corbinian zu. Jetzt konnte er das Gesicht des Regisseurs sehen. Seine Augen starrten an Robert vorbei ins Leere.

»Wieso wolltest du unbedingt das Stück inszenieren, bei dem deine Mutter gestorben ist? Das verstehe ich einfach nicht. Und wieso gab es jetzt, all diese Jahre später wieder einen Todesfall?«

Corbinians Gesicht zeigte keinerlei Gefühlsregung, als er zu sprechen begann. »Wir haben die Kunst, um nicht an der Wahrheit zugrunde zu gehen.«

Robert sah Corbinian verwirrt an. Das Zitat kannte er. Wenn er sich richtig erinnerte, stammte es von dem Philosophen Friedrich Nietzsche. Doch was Corbinian damit ausdrücken wollte, verstand er nicht.

»Willst du damit sagen, es sollte eine Art Therapie für dich sein, das Stück hier auf Sylt zu inszenieren?«

»Ich weiß nicht, ob Therapie das richtige Wort

ist«, sagte Corbinian leise. »Vergangenheitsbewältigung? Ja, das trifft es vielleicht eher.« Er wandte den Kopf zur Seite, sodass Robert nun sein Profil sah. Der Regisseur schloss die Augen.

»Ich wollte diese schmerzhaften Erinnerungen ein für alle Mal verarbeiten. Es war ja nicht nur der Tod meiner Mutter. Als sie starb, war ich gerade mal zehn Jahre alt und meine Kindheit war vorbei.« Er atmete zischend aus. »Mein Vater ist nie über den Verlust hinweggekommen. Er war kaum noch in der Lage, sich um mich zu kümmern. Also kehrte er mit mir nach Hamburg zurück, wo er mich die meiste Zeit meinen Großeltern überließ.«

Corbinian öffnete die Augen wieder, wandte den Kopf und sah Robert unverwandt an. »Es war schon lange mein Traum, Die Tragödie der Jungfrau zu inszenieren. Es sollte die schönste und beste Inszenierung aller Zeiten werden. Eine Inszenierung, die alle bisherigen in den Schatten stellt. Neben meiner Inszenierung wären alle anderen verblasst, in Vergessenheit geraten …«

»Vor allem die Londoner Inszenierung vor 35 Jahren«, sagte Robert leise.

Corbinian starrte ihn an. »Ja. Ganz besonders die.«

»Aber dann gab es Ärger mit Weiss. Du sahst die Aufführung des Stückes gefährdet, also hast du einen Mord inszeniert«, sagte Robert mit fester Stimme.

Der Regisseur schüttelte leicht den Kopf. »Warum hätte ich denn so etwas tun sollen?«

Robert zögerte nicht mit seiner Antwort, für ihn fielen alle Puzzleteile an ihren Platz. »Weil du wolltest, dass genau das Gleiche passiert wie damals. Ein tragischer Todesfall und das sensationsgierige Publikum strömt in Scharen ins Theater.«

Corbinian senkte kurz den Kopf. Als er wieder aufsah, brannte ein Feuer in seinen Augen, so heiß, dass Robert unwillkürlich einen Schritt zurückwich.

»Es hätte wieder funktioniert«, sagte Corbinian.

***

Es war schon kurz vor acht Uhr abends, als Sven hinter der Sylter Bühne parkte. Das Theater lag dunkel und anscheinend verlassen da.

»Da ist doch jetzt keiner mehr«, sagte Sven und spähte durch die Windschutzscheibe. »Wahrscheinlich sind Kupfer und Voss irgendwo zu Abend essen oder in einer Kneipe.«

»Lass uns wenigstens nachsehen«, sagte Sina und öffnete ihre Tür.

Ohne sich nach Sven umzusehen, ging sie auf den Bühneneingang zu.

»Burghardt ist längst nach Hause gegangen, wie willst du denn reinkommen?«, rief Sven ihr nach.

Sina zeigte auf den Klingelknopf neben der Tür. »Wenn noch jemand da ist, wird der uns schon aufmachen.«

»Deinen Optimismus möchte ich haben«, brummte Sven, als er auf Sina zuging.

Sie hatte schon einen Finger auf den Klingelknopf gelegt, zögerte aber. Statt zu klingeln, drückte sie die Klinke nach unten.

»Nicht abgeschlossen«, sagte sie zu Sven. »Wie schon vor sechs Tagen.«

»Scheint hier zur Gewohnheit zu werden«, meinte ihr Kollege. »Das bedeutet dann aber wohl, dass tatsächlich noch jemand da ist.«

Sina zog die Tür auf und betrat den nur schwach erleuchteten Gang.

»Und jetzt?«, fragte Sven.

»Wenn Kupfer und Voss noch arbeiten, werden sie in Kupfers Büro sein«, meinte Sina.

Sie ging auf die Treppe zu, die in den ersten Stock führte.

»Warte mal«, flüsterte Sven.

Sina drehte sich zu ihm um. »Warum flüsterst du?«, fragte sie in normaler Laustärke.

Sven wedelte mit einer Hand, um ihr zu bedeuten, ruhig zu sein. Dann deutete er ans andere Ende des Ganges.

Jetzt sah Sina, dass die Tür, die zur Bühne führte, offen stand. Außerdem glaubte sie, Stimmen zu hören. Sie legte den Kopf schräg und lauschte.

»Da ist jemand auf der Bühne«, sagte Sven leise.

»Mindestens zwei Personen«, meinte Sina. »Aber ich kann die Stimmen nicht erkennen.«

»Na, dann lass uns mal näher rangehen.« Sven ging voraus.

Als sie die offene Tür erreichten, konnten sie die Stimmen deutlicher hören.

»Wäre meine Arbeit an diesem Theater nicht von vornherein sabotiert worden, wäre das nicht passiert«, sagte Corbinian Kupfer. Seine Stimme klang kalt, schneidend.

Mit hochgezogener Augenbraue sah Sina Sven an. Sie deutete auf die Stufen, die auf die Seitenbühne führten. Sven nickte.

»Das ist doch paranoid. Niemand hat deine Arbeit sabotiert.« Diese Stimme gehörte eindeutig Robert Voss. Er klang erregt.

Langsam stieg Sina die Stufen hinauf, hielt sich

dabei ganz rechts. Als sie die Seitenbühne erreichte, blieb sie stehen.

Sie konnte von ihrem Standpunkt aus sehen, dass die Bühne von einem einzelnen grellen Scheinwerfer beleuchtet wurde. Der Rest des Raumes lag im Dunkeln.

Robert Voss stand mit dem Rücken zum Zuschauerraum, Corbinian Kupfer stand ihm mit einem Abstand von ungefähr einem Meter gegenüber.

»Ach ja? Was war es denn dann, was Gregor Weiss da abgezogen hat? Erst will er, dass ich ein anderes Stück inszeniere, dann zwingt er mir diesen Nichtskönner Rohde auf, obwohl ich ihm gleich gesagt habe, dass der eine Fehlbesetzung ist.« Kupfer redete sich immer mehr in Rage.

Sven berührte Sina am Ellbogen. Als sie ihn ansah, deutete er auf den schwarzen Vorhang, der direkt neben ihnen hing.

Sina erinnerte sich wieder daran, wie Kupfer ihr erklärt hatte, dass der hintere Bühnenbereich mit Molton abgehängt war.

Sie trat an den Rand des Vorhangs, schob den schweren Stoff ein wenig zur Seite und schlüpfte hinter den Vorhang. Sven folgte ihr.

»Und dann setzt er mein Stück ab. Will lieber Pygmalion haben.« Corbinian Kupfer schnaubte.

Sina ging einige Meter geradeaus, dann fand sie einen Spalt im Vorhang und spähte hindurch. Sie sah, wie der Regisseur, der ihr den Rücken zudrehte, mit beiden Händen heftig gestikulierte.

»Dieser Banause.«

Auf Roberts Gesichtsausdruck malte sich blanke Verständnislosigkeit ab. »Du hast den Dolch ausgetauscht und dann standst du eiskalt daneben und hast nicht einmal mit der Wimper gezuckt, während Selina einen Menschen getötet hat.« Der Regieassistent fuhr sich mit einer Hand über die Stirn. »Ich kann mich noch genau daran erinnern, wie du an dem Abend zu ihr gesagt hast, sie solle nicht so zaghaft zustechen. Das war doch Absicht, weil du schon genau wusstest, was später geschehen würde.«

Hinter dem Vorhang hielt Sina den Atem an. Sie wollte ihren Ohren nicht trauen. Bekam sie hier etwa die Lösung des Falles auf dem Silbertablett präsentiert?

Voss machte einen Schritt auf Kupfer zu, sah ihm direkt ins Gesicht. »Wie konntest du Selina das antun? Um deine Inszenierung zu retten? Weil du dachtest, wir bekommen nach dem Mord so viel Publicity, dass die Vorstellungen Abend für Abend ausverkauft sind?«

Einige Sekunden herrschte Totenstille. Sina hörte nur noch ihren eigenen Herzschlag, der in ihren Ohren dröhnte.

Sollen wir jetzt eingreifen? Ist das der richtige Moment?

Doch sie wartete ab.

Schließlich ergriff der Regisseur das Wort. Er sprach mit leiser, aber fester Stimme: »Wie gewinnt man denn ein Publikum? Mit Anspruch, mit hoher Kunst? Nein. Mit Brutalität und Gewalt. Mit Blut. Mit Sensationen. Und mit Tragödien.«

Er machte einige Schritte vor zur Bühnenrampe, starrte in das leere Auditorium. Dann breitete er beide Arme aus. »Und wenn das Publikum nur noch Sensationen und Tragödien will, muss man ihm genau das geben. Sensationen und Tragödien.«

Corbinian Kupfer senkte die Arme und wandte

sich zu Robert um. »Man muss dem Publikum immer geben, wonach es verlangt.«

Voss ging auf Corbinian zu. Er zog eine Hand aus der Jackentasche, hob sie hoch.

Sina erkannte, dass er ein Handy hielt.

»Corbinian, ich rufe jetzt die Polizei an.«

Mit einem Satz war Kupfer bei Voss, schlug ihm das Telefon aus der Hand. »Das wirst du nicht tun«, brüllte er.

Sina sah zu Sven, nickte ihm zu.

Er riss den Vorhang beiseite und stürmte auf die Bühne, Sina war ihm dicht auf den Fersen.

***

Es war ein langer Abend geworden. Sina und Sven hatten sowohl Corbinian Kupfer als auch Robert Voss auf das Revier gebracht und eingehend befragt.

Kupfer war voll geständig gewesen und hatte für das Protokoll all das wiederholt, was er bereits im Theater auf der Bühne gesagt hatte.

Sina war jetzt damit beschäftigt, ihren Bericht zu schreiben. Corbinian Kupfer war von Anfang an mit seiner Arbeit an der Sylter Bühne nicht glücklich gewesen. Er fühlte sich vom Intendanten Gregor Weiss in seiner Kreativität eingeengt und gegängelt. Zu einer ersten großen Konfrontation zwischen den beiden kam es, als Weiss Marc Rohde als Besetzung für den König durchsetzte.

Als dann die Proben begannen und Rohde nicht die von Kupfer gewünschte Leistung brachte, sah dieser seine Inszenierung bedroht. Da er sich nur zu gut und schmerzlich daran erinnerte, was für einen Presserummel der Tod seiner Mutter ausgelöst hatte und wie dies zu einem enormen Erfolg für das Stück geführt hatte, begann er, seinen teuflischen Plan zu schmieden.

Er ließ sich einen echten Dolch anfertigen, der exakt so aussah wie der Requisitendolch. Der falsche Name Johan König war tatsächlich, wie Sina vermutet hatte, aus dem eingedeutschten Vornamen seines Onkels und Rohdes Rolle zusammengesetzt.

Im Verhör hatte Kupfer sich überrascht gezeigt, dass die Polizei es tatsächlich geschafft hatte, den Messerschmied Zacharias Huber ausfindig zu machen.

»Wenn ich das geahnt hätte, hätte ich meine Spuren besser verwischt«, hatte er gesagt.

Es stellte sich heraus, dass Susanne Görgen, die Sekretärin des Scaena Theaters, die für ihn das Postfach angemietet hatte, eine langjährige Freundin war.

Kupfer versicherte Sina glaubhaft, dass Görgen nichts von seinen Plänen geahnt hätte. »Ich habe ihr einfach gesagt, dass ich ein Postfach benötige, aber so im Arbeitsstress bin, dass ich mich nicht selbst um den ganzen Papierkram kümmern könne. Den Gefallen hat sie mir gern getan.«

Ein Punkt, der noch als zu überprüfen auf Sinas Aufgabenliste stand. Doch sie war sicher, dass Kupfer in dieser Hinsicht die Wahrheit gesagt hatte.

Ein weiterer Punkt, der Sina zunächst Kopfzerbrechen bereitet hatte, war die Uhrzeit, zu der die Fotos des Requisitendolches angefertigt worden waren, die Kupfer an den Messerschmied gemailt hatte. Denn laut Anwesenheitsbuch war Kupfer zu diesem Zeitpunkt bereits nicht mehr im Theater gewesen.

»Ich habe einfach eine falsche Uhrzeit eingetragen«, hatte Kupfer auf Nachfrage gesagt. »Meistens trage ich mich gar nicht aus, wenn der Pförtner nicht mehr anwesend ist. Aber an dem Abend wollte ich nicht dabei gestört werden, wie ich den Dolch in der Werkstatt fotografiere. Also habe ich mich ausgetragen, damit alle denken, ich sei nicht mehr im Haus. Dann habe ich abgewartet, bis alle gegangen waren.«

Sina hatte natürlich sofort nachgefragt, wie er denn den Schrank hatte öffnen können, in dem Anja Jörden den Dolch über Nacht eingeschlossen hatte.

Ein Schulterzucken war der Antwort vorausgegangen. »Ich wusste, wo sie den Schlüssel aufbewahrt.«

Sina hörte kurz auf zu tippen und versuchte, ihre verspannte Schulter- und Nackenmuskulatur zu lockern, dann schrieb sie weiter.

Kupfer verbrachte seine Wochenenden in Hamburg. An einem Samstag holte er den Dolch aus dem Postfach ab und nahm ihn mit nach Sylt, als er am Sonntagabend auf die Insel zurückkehrte.

Wenige Tage später spitzte sich der Konflikt mit dem Intendanten zu. Der setzte Kupfer massiv unter Druck, da die Eintrittskartenverkäufe weit hinter den Erwartungen zurückblieben.

Also änderte Kupfer seinen ursprünglichen Plan, der vorgesehen hatte, dass Rohde bei der Premiere auf offener Bühne vor versammeltem Publikum sterben sollte.

Am vorletzten Probentag versteckte er den echten Dolch hinter dem Molton-Vorhang, um ihn dann später gegen den Requisitendolch auszutauschen. Er hoffte, dass er nach Rohdes Tod nicht nur den Schauspieler besetzen könnte, den er von vornherein für die Rolle gewollt hatte, sondern dass dann auch die verschobene Premiere des Stückes ausverkauft sein würde.

Er hat voll und ganz auf die Sensationslust des Publikums gesetzt, dachte Sina. *So wie er sich im Verhör gegeben hat und wie er seine Argumente vorgebracht hat, war er felsenfest davon überzeugt, dass sein Plan funktionieren würde.*

Kopfschüttelnd stand Sina vom Schreibtisch auf und trat an ihr Whiteboard. Darauf standen immer noch die vier grundlegenden Fragen, die sie am Tag nach dem Mord mit Sven notiert hatte.

Eine Weile betrachtete sie ihre eigene Schrift.

Warum ist das geschehen? Die Antwort kenne ich jetzt, aber sie ist mir trotzdem unbegreiflich. Wie konnte ein so offensichtlich intelligenter Mensch wie Corbinian Kupfer nur denken, er käme mit diesem wahnwitzigen Plan durch?

Sie griff nach dem kleinen Schwamm, der auf der schmalen Ablage des Whiteboards lag, und wischte ihre Notizen weg.

Dann kehrte sie zu ihrem Schreibtisch zurück und griff zum Telefon.

Der Angerufene war zum Glück trotz der späten Stunde noch wach und antwortete nach dem zweiten Klingeln.

»Hallo, Jan. Ich weiß es ist spät, aber kann ich noch vorbeikommen? Du hast immer noch meine Übernachtungstasche.«

Epilog

Aus der Küche zog der verführerische Duft von frisch gebrühtem Kaffee ins Schlafzimmer.

Sina rekelte sich im Bett, dann setzte sie sich auf und schob sich das Kopfkissen in den Rücken.

»Wie versprochen: Frühstück im Bett«, rief Jan fröhlich, als er mit einem großen, voll beladenen Tablett das Zimmer betrat.

Sina strahlte ihn an. »So lasse ich mir das gefallen.«

Vorsichtig stellte Jan das Tablett auf dem Bett ab. »Wenn du öfter hier frühstücken willst, besorge ich so ein spezielles Frühstückstablett, aber für den Moment muss das hier genügen.«

Er reichte Sina eine Tasse und schenkte ihr Kaffee ein. Genüsslich atmete sie das Aroma ein, bevor sie einen ersten Schluck nahm.

Jan hatte Croissants aufgebacken, Rührei gemacht und verschiedene Sorten Marmelade sowie Honig in kleine Schälchen gefüllt.

»Willst du lieber Joghurt mit Beeren?«, fragte er. »Kann ich dir gerne holen. Sind aber um die Jahreszeit leider nur tiefgekühlte Beeren.«

»Nein, Rührei und Croissant mit Marmelade ist perfekt«, versicherte Sina ihm. Sie stellte die Tasse auf dem Nachttisch ab.

Eine Weile aßen sie schweigend. Als Sina so satt war, dass sie dachte, ein einziger weiterer Bissen würde sie zum Platzen bringen, griff sie nach der Zeitung, die ebenfalls auf dem Tablett lag.

Es handelte sich um die neueste Ausgabe des Sylter Boten.

»Hab ich abonniert, lag vor der Tür«, erklärte Jan.

Sina blätterte die Zeitung flüchtig durch, las hier und da eine Überschrift. Las sich schließlich ausgerechnet auf der Seite mit Promi-News fest.

»Was gibt es denn da so Interessantes?«, fragte Jan und beugte sich zu ihr herüber.

»Ach, wirklich interessant ist das nicht«, sagte Sina. »So ein Tennisstar will hier auf Sylt heiraten. Das gibt doch sicher einen Riesen-Medienauftrieb.«

Jan seufzte. »Und dann steht wieder überall, Sylt wäre die Insel der Reichen und Schönen.«

Sina lachte. »Na, schön sind wir doch allemal, oder?«

Jan stimmte in ihr Lachen ein. »Wie heißt denn dieser Tennisspieler? Kennt man den?«

»Wenn man sich für Tennis interessiert, sicher. Hier steht, er sei Weltranglistendritter. Ein gewisser André Grote.«

»Oh, wow, hat der nicht dieses Jahr die French Open in Paris gewonnen? Wann findet die Hochzeit denn statt?«

Sina sah ihren Freund mit hochgezogener Augenbraue an. »Sag jetzt nicht, du fährst da jetzt voll drauf ab. Nächstes Frühjahr, genauer Termin steht hier noch nicht.« Lachend deutete sie auf die Nachricht. »Aber was hier steht, ist, dass unser einheimischer Paparazzo, Aldo Calogero, sich schon auf das gesellschaftliche Top-Ereignis freut.« Sie grinste. »Nicht meine Worte, das steht hier so.«

»Das glaube ich, da wird er alle Hände voll zu tun haben und mit seinen Bildern gutes Geld verdienen.«

Sina faltete den Sylter Boten und legte ihn beiseite.

Nicht ahnend, dass nicht nur Aldo Calogero bei der Hochzeit alle Hände voll zu tun haben würde.

Sondern auch die Sylter Polizei.

***

Sylter Schatten: Die verlorene Braut, der 3. Krimi mit Sina Marten, ist bereits vorbestellbar: https://www.amazon.de/dp/B0B5M2BYHH

Über die Autorin

Mara Tamen ist das Pseudonym einer in Deutschland geborenen, mittlerweile im Ausland lebenden Autorin.
Normalerweise in anderen Genres unterwegs, schreibt sie als Mara Tamen kurzweilige Krimis mit Wohlfühlfaktor, die in ihrer liebsten Urlaubsregion spielen: Strandlektüre, wie Mara selbst sie am liebsten liest.

Die Reihe Sina Marten ermittelt wird fortgesetzt.

Bisher erschienen:
Sylter Geheimnis: Die unbekannte Tote (Sina Marten ermittelt 1):
https://www.amazon.de/dp/B09QVZ3Q1S

Um informiert zu bleiben, folgen Sie der Autorin auf Amazon (auf den gelben Folgen-Button unter dem Profilbild klicken): https://www.amazon.de/Mara-Tamen/e/B09R2D131D
oder auf Facebook:
https://www.facebook.com/MaraTamenKrimi

Sylter Verhängnis: Tödliches Theater (Sina Marten ermittelt 2), deutsche Erstveröffentlichung 2022

Covermotiv: bastianpauli/Shutterstock.com

Printed in Germany
by Amazon Distribution
GmbH, Leipzig

26888473R00136